W0395903

1. Une mort embarrassante

Bertille avançait dans le sous-bois à longues foulées souples et les anneaux d'argent pendus à ses oreilles oscillaient doucement.

Elle portait au dos une panière en osier emplie de reines-des-prés, de centaurées noires et du plantain qui poussait seulement au creux toujours humide de la combe rouge.

Il fallait connaître l'endroit. La vieille Guiraude le lui avait montré. Elle lui avait aussi appris à connaître les herbes qui calment le feu des brûlures et celles qui aident les plaies à cicatriser et toutes les simples qu'on cueille à la rosée. Pour en faire des décoctions et des emplâtres qui soignent les maux dont souffrent les gens.

Au temps de la grande misère, quand les soldats brûlaient les villages, tuant tout, bêtes et chrétiens, en ces contreforts d'Auvergne que se disputaient deux rois, la vieille avait trouvé Bertille errant dans la forêt de Sousclay, affamée et perdue. Elle l'avait gardée.

Maintenant la Guiraude était morte. Bertille continuait à vivre dans la même cabane du fond des bois. Seule. Elle n'avait pas peur. Les gens des villages la connaissaient. Elle les soignait comme la vieille l'avait fait. Et puis, la forêt était son domaine. Elle en savait chaque recoin, chaque sente, chaque ravine. Elle pouvait y marcher sans se perdre, même par des nuits aussi noires que celle-ci.

Une nuit de septembre trop chaude, trop calme, sans un frémissement de feuille, sans un glissement furtif de lapin, sans un hululement de chouette. Comme si tout se taisait, dans l'attente de l'orage qui n'allait pas tarder à éclater.

Les premiers éclairs zébrèrent le ciel alors qu'elle atteignait sa cabane. Elle posa vivement sa panière sur le coffre en bois où elle rangeait ses vêtements.

L'écureuil qu'elle avait sauvé des chiens de chasse l'automne précédent s'approcha du seuil en sautillant gauchement ; une de ses pattes déchiquetée par les crocs était restée raide malgré les soins de Bertille.

— Si tu veux entrer, presse-toi, l'orage arrive.

Mais l'écureuil, fixant Bertille de ses petits yeux noirs pleins de malice, s'éloigna sur le sentier menant à la rivière qui traversait le bois.

Bertille le rattrapa en deux enjambées, le saisit

pour le faire rentrer et au même moment entendit comme un halètement suivi d'un bruit de pierres qui roulent et d'un choc sourd de corps qui tombe.

Elle avança prudemment jusqu'au talus surplombant la rivière. Un corps gisait en contrebas. Quelqu'un avait tenté d'escalader le rebord de terre et glissé, dévalant la pente jusqu'à l'eau. Par chance il n'y était pas tombé. Mais pourquoi ne tentait-il pas de se relever ?

Les grondements de l'orage se rapprochaient. Bertille descendit le talus à son tour. À la lueur des éclairs, elle vit un jeune garçon au visage ensanglanté. Il se mit à gémir quand Bertille le tira par son surcot le long du talus. Arrivée à la cabane, elle eut juste le temps de le poser sur sa paillasse de fougères et de fermer la porte. La pluie se mit à tomber en cataracte tandis que se levait un vent violent.

L'écureuil Courte-Patte, tranquillement installé sur le coffre, décortiquait une noisette en poussant de petits grognements satisfaits.

***

Guy de Servières*, chef de la vicomté de Pleaux depuis la mort de son cousin Raymond, achevait de

* Voir l'arbre généalogique en fin d'ouvrage, p. 109, ainsi que, du même auteur dans la même collection, *Double meurtre à l'abbaye* (Castor Poche n° 655).

déjeuner dans sa maison forte du bourg de Miegemont.

Il était rentré la veille au soir, juste avant l'orage, après une semaine passée dans son fief de Montal auprès d'Agnès, sa jeune épouse, qui venait d'accoucher d'un fils vigoureux, ni trop rougeaud ni trop fripé pour un nouveau-né. Mais de là à le trouver beau... pour ça, il fallait être Agnès !

Guy eut un sourire amusé qui fit danser dans ses yeux bruns de petites flammes gaies. Et un pli de tendresse adoucit, en le rajeunissant, son visage aux traits aigus, aux méplats durs.

L'amour d'Agnès parvenait à lui faire oublier le temps des errances, de l'exil et des deuils : son père décapité, son château rasé, ses biens confisqués sur ordre du roi d'Angleterre, Henri. Les seigneurs de Servières avaient payé cher leur fidélité au roi de France. Comme bien d'autres dans cette limite extrême du duché d'Aquitaine où d'incessantes luttes opposaient les deux souverains.

Seuls un revirement d'alliance royale et son mariage avec Agnès de Montal avaient permis à Guy de recouvrer ses biens. Pour l'heure, la paix régnait dans le pays. Le roi Henri était mort, son fils et successeur Richard, parti à la croisade. On respirait enfin ! Les routes étaient redevenues à peu près sûres. Les bourgs recommençaient doucement à s'étendre hors des remparts de leurs enceintes... Mais pour combien de temps ?

Guy chassa avec agacement les mouches qui bourdonnaient autour des plats. L'orage de la nuit avait à peine rafraîchi le temps. Il faisait anormalement chaud pour un début septembre. Sur les dalles de pierre du sol, les fougères, pourtant fraîches coupées, fanaient déjà.

La porte de la salle s'ouvrit sur une brusque poussée et le prévôt, Martin Tranche-Tout, ainsi nommé car il avait le jugement rapide et catégorique, fit irruption dans la pièce.

— Messire Guy, vous voilà rentré bien à point ! Un homme inconnu a été assassiné cette nuit dans la clairière du bois de Sousclay. Deux frères lais de Hautefage qui avaient pris le raccourci pour se rendre à la laiterie de l'autre bord de la Maronne sont quasiment tombés sur lui. Ils ont ramené le corps à l'abbaye.

Guy fronça le sourcil. Le prévôt se hâta d'ajouter :

— Ils ont cru bien faire. On ne vous savait pas rentré. Et le père abbé m'a envoyé vous chercher tout de suite !

Guy eut un hochement de tête moqueur.

— Je lui sais gré de se souvenir que ce n'est pas lui qui détient le droit de haute justice, mais moi.

Le prévôt garda un silence prudent. Le nouvel abbé de Hautefage, Fulbert, et messire Guy se respectaient sans trop s'aimer.

— C'est bon, dit Guy. J'y vais. Prends deux de tes hommes avec toi. Tu m'accompagnes.

***

L'abbaye Saint-Martin de Hautefage était située au carrefour des routes menant d'Auvergne en Aquitaine, sur un des chemins de Saint-Jacques et à proximité du riche bourg de Miegemont.

Ses trois enceintes, l'étendue de ses terres, ses granges, ses bergeries, son moulin et sa grande église abbatiale en faisaient l'un des fiefs puissants de la région. Sans compter l'importante foire qui, chaque année, à la Saint-Martin, voyait accourir de partout les marchands.

L'hôtellerie du monastère ne désemplissait que l'hiver, quand neige et vents rendent tout désert. Mais en ce début septembre si chaud qu'on se serait cru revenu au gros de l'été, l'effervescence régnait.

C'était un va-et-vient de servantes et de valets courant d'un logis à l'autre pour installer leurs maîtres. Les serviteurs laïques de l'abbaye s'affairaient aux écuries. Sans cesse arrivaient de nouvelles montures – chevaux, poneys ou mules tirant les litières des châtelaines douairières.

Aux cuisines, les frères lais transpiraient près des fours où cuisaient les pains, des feux où soupes et ragoûts mitonnaient dans d'énormes marmites.

L'office du matin venait de s'achever. Le portier de l'abbaye, frère Jérôme, avait déjà rejoint la poterne de la première enceinte. À la vue de Guy, escorté du prévôt et de ses hommes, il se précipita.

— Dieu soit loué ! Messire Guy, vous voilà rentré ! Notre père abbé va en être bien soulagé ! Pensez ! Un meurtre ! En ce moment ! À cinq jours de la grande fête votive célébrant la naissance de la Vierge Mère ! Avec notre hôtellerie pleine de pèlerins !

Guy et Martin Tranche-Tout descendirent de cheval tandis que frère Jérôme poursuivait son discours :

— Encore hier soir, il en est arrivé tout un groupe, des marchands de Rodez qui s'en revenaient d'un pèlerinage à Saint-Jacques en Espagne – pieuses gens quoiqu'un peu braillards ! Enfin… quand c'est pour louer Dieu…

Un valet accourut pour s'occuper des chevaux. Tout en accompagnant Guy et le prévôt jusqu'au logis du père abbé, le frère portier continuait de parler :

— Il nous est arrivé aussi un chevalier templier et qui venait de loin, d'Antioche, oui, en Terre sainte. Il se rendait à la commanderie de son ordre, celle de Saint-Selve, en Rouergue. J'allais juste fermer la porte. La nuit était déjà bien avancée. L'orage les avait surpris, lui et son escorte, ils étaient trempés, leurs chevaux fourbus et… (frère Jérôme baissa la voix) un des sergents avait au bras une plaie qui saignait. Il tirait son manteau dessus comme pour la cacher mais je l'ai bien vue. Après tout, si le

Seigneur nous a donné des yeux, c'est pour s'en servir !

Guy écoutait, amusé par le franc-parler du frère portier qui avait, en plus, du bon sens et savait observer.

Les trois hommes traversaient la dernière cour au moment où un cavalier, jeune et de belle allure, descendait de son cheval – un grand rouan marqué au front d'une étoile blanche. Le cavalier portait des bottes de cuir rouge et, par cette chaleur, une simple chemise de fine toile blanche brodée de soies vertes au col et aux manches. Des soies du même vert que ses yeux. Il était tête nue et très blond.

En apercevant Guy, il s'inclina avec un rien de raideur et se détourna pour aider une dame à descendre d'une élégante litière tendue de tissu de Damas broché. Apparut un ravissant visage encadré de voiles sombres qui le rendaient plus lumineux. Des yeux clairs, un petit nez droit, une bouche parfaite.

Guy eut un léger sourire : Isaut portait bien son surnom ! « La belle oiselière » avait pris plus d'un seigneur dans ses filets. Et même de très gros ! À commencer par le tenant de la vicomté de Turenne – la plus importante du pays avec celle de Pleaux –, Raymond II, mort l'an passé au siège de Saint-Jean d'Acre – il s'était croisé pour l'expiation de ses fautes, qui étaient nombreuses ! Apparemment, la belle Isaut avait à présent séduit Ernaud, son fils cadet.

— Quel scandale ! dit entre ses dents le prévôt. Le fils après le père, au mépris de toutes les lois de l'Église ! Et l'aîné de Turenne qui accepte ça sans réagir ! Lui qui est maintenant chef de la vicomté à son tour ! Qu'est Ernaud ? Un cadet avec, pour tout bien, son orgueil !

Frère Jérôme se borna à soupirer. Guy se taisait mais il suivit d'un regard songeur le couple qui s'éloignait.

Face à la demeure du père abbé, de petits groupes agités s'étaient formés. À la vue du seigneur de Servières, du prévôt et de ses hommes, tout se tut.

Le père abbé parut sur le seuil. Fulbert était un homme dans la force de l'âge, érudit et austère, très soucieux de son autorité. Il avait depuis deux années succédé à Arnould à la tête de l'abbaye dont il avait été, un temps, le prieur.

Guy le salua courtoisement mais sans chaleur. À les voir ainsi face à face, on comprenait mieux ce qui les opposait. Le père abbé fixait sans indulgence le brin de houx que le chef de la vicomté s'obstinait à piquer à son chapeau, comme s'il avait toujours quinze ans ! – c'était devenu un symbole. De son côté, Guy regardait les rides qui coupaient les joues maigres de Fulbert. L'un pensait : « trop d'insouciance » et l'autre : « trop d'austérité »...

Ils entrèrent ensemble dans la salle où le corps de l'inconnu assassiné reposait encore sur la claie en osier qui avait servi à le porter.

Guy s'approcha pour l'examiner : de taille

moyenne, carré d'épaules, un visage encore jeune, hâlé par le soleil, les cheveux et la barbe également roux. Il était vêtu simplement. Sa chemise et son surcot de bonne étoffe brune étaient raides de sang séché. Il avait dû beaucoup saigner.

— Nos frères l'ont trouvé couché, face contre terre, précisa le père abbé. Comme s'il était tombé d'un coup, poignardé par-derrière, traîtreusement.

Guy ordonna qu'on retourne le corps. Le dos portait la marque de plusieurs entailles. Il semblait que l'assassin eût craint que le premier coup n'eût pas été mortel.

— Il a été frappé à trois reprises, dit Guy. Avec une arme qui n'était ni un couteau de chasse ni une dague effilée.

— Une courte épée ? hasarda le prévôt Martin.

Guy hocha la tête.

— Je penserais plutôt à une lame courbe.

Il regardait toujours le corps, la ceinture sous le surcot et les mains, brunies comme le visage, robustes et longues. Leur forme était belle. Ce n'étaient pas là des mains de manant.

Un petit groupe s'était risqué à entrer dans la salle. Un homme s'en détacha soudain, maigre, le museau chafouin, et portant sur son chapeau une coquille de jacquet* plus grosse que ses joues.

* Le terme de jacquet fait référence à la désignation – un peu familière – des pèlerins de Saint-Jacques.

Il dit d'une voix aigrelette en s'avançant vers Fulbert :

— Permettez, père abbé, que je regarde le mort. Je me nomme Garin et tiens boutique de drap à Rodez, dans la rue haute. Je suis présentement de retour de Saint-Jacques en Espagne où nous fûmes en pèlerins, ceux-ci que vous voyez (il désignait le groupe demeuré peureusement au fond de la salle), tous honnêtes marchands de cette même ville. Ils m'ont pris comme chef pour le temps du pèlerinage.

Fulbert l'interrompit :

— Venez au fait, maître Garin. Pourquoi désirez-vous voir le mort ? Pensez-vous le connaître ?

— J'ai, seigneur abbé, certains doutes au sujet d'un de nos compagnons de route brusquement disparu de notre convoi, hier au soir, comme nous abordions la dernière forêt avant votre abbaye.

Le père abbé lui fit signe de s'approcher. Il se pencha sur le cadavre et poussa une exclamation :

— Le marchand vénitien ! Dieu ait son âme ! Je ne m'étais pas trompé. Sa disparition était étrange.

— Expliquez-vous clairement, dit alors Guy, prenant la direction de l'interrogatoire. D'où connaissez-vous cet homme et comment savez-vous qu'il était marchand vénitien ?

— Lui-même l'avait dit lorsqu'il s'était joint à notre groupe peu après que nous eûmes quitté le désert de pierres du causse. C'était à l'heure la plus chaude et le soleil brouillait la vue au point que j'ai d'abord cru à un mirage, une de ces visions imaginaires que les pèlerins de Terre sainte disent nées du seul miroitement de l'air…

— Mais votre marchand, lui, était bien réel, coupa Guy que l'impatience gagnait à son tour. S'est-il nommé ?

— Il a marmonné un nom qu'à vrai dire nul n'a compris. Il prétendait se rendre en Aquitaine pour les foires d'après vendanges.

— Et où étaient ses marchandises ? demanda Fulbert.

— Justement, il n'en avait pas. C'était là l'étrange, mes seigneurs, comment vous expliquer…

Garin semblait embarrassé d'avoir à s'expliquer à la fois avec le père abbé et avec le chef de la vicomté de Pleaux.

— Quand a-t-il disparu du convoi ?

— Je ne saurais le dire de manière précise. La nuit tombait, l'orage, comme vous le savez, menaçait, nous avions tous grande hâte de nous trouver à l'abri dans votre hôtellerie, seigneur abbé. D'autant que nous longions de dangereux parages, les terres d'un seigneur redouté de tous pour ses brigandages : Hugues de Merle.

Fulbert jeta un bref coup d'œil à Guy qui demeura impassible tout en pensant : « nous y voilà ! » Un marchand vénitien, la forêt de Sousclay, terre du seigneur de Merle, il n'en fallait pas davantage pour que surgissent comme autant d'épouvantails à corbeaux les fantômes d'autres marchands, eux aussi vénitiens, rançonnés et détroussés par Hugues ! Légende ou vérité ? Quoi qu'il en soit, depuis, Hugues inspirait la terreur.

Cent récits de brigandages, voire de meurtres, couraient sur son compte. Et les marchands faisaient de longs détours pour passer loin de son château planté sur un piton sauvage parmi des bois qui ne l'étaient pas moins. Il avait fallu que l'orage menace bien fort pour que ces gens de Rodez s'y risquent, sans parler du Vénitien !

De son côté, Hugues contribuait à accréditer la légende par sa désinvolture, ses excès, ses foucades, ses grands éclats de rire ou de colère qui faisaient tressauter sa lourde carcasse de chasseur.

C'est du moins ce que Guy, qui était son neveu préféré, pensait et il avait pour lui beaucoup d'indulgence. Comment oublier que c'était grâce à Hugues qu'il avait épousé Agnès ? Un mariage heureux qui avait changé sa vie.

Le père abbé de Hautefage demanda soudain :

— Ce marchand vénitien ne pouvait-il avoir sur lui des marchandises peu visibles, quelques pierres rares, de grand prix, sous un mince volume, faciles à dissimuler et propres à tenter qui n'a ni foi ni loi ?

L'insinuation était claire. Le visage de Guy se durcit.

— Seigneur abbé, j'ai pour votre piété la plus grande estime, mais en matière de justice permettez-moi d'être seul juge. J'entendrai le seigneur de

Merle en temps voulu si cela me semble opportun. Pour l'heure, je veux d'abord examiner moi-même le lieu du crime en regrettant que vos moines n'aient pas attendu, pour enlever le corps, d'avoir mon autorisation, ce qui risque de nous priver de précieux indices.

Et il sortit sans attendre la réponse de Fulbert. Le prévôt Martin Tranche-Tout le suivit, ébahi. Messire Guy, toujours si plaisant avec ses yeux bruns moqueurs et son apparente insouciance, pouvait donc se mettre en colère ?

2. La colère d'Hugues de Merle

La nouvelle du meurtre, grossie des suppositions du père abbé de Hautefage, se répandit aussi vite que s'échappent les guêpes d'un nid qu'on enfume. Pour tous, le crime était signé et l'assassin désigné.

De bouche en oreille, la rumeur atteignit le château de Merle en fin de matinée. Hugues écouta dans un silence plus inquiétant que ses explosions de colère habituelles. Puis il fit seller son cheval et piqua droit sur l'abbaye. Il traversa en ouragan la première enceinte, faisant s'enfuir servantes, enfants, volailles dans de grands piaillements. Il manqua renverser frère Jérôme sorti vivement de sa porterie et ne sauta de selle que face à la demeure du père abbé.

Fulbert était dans la grande salle où deux moines

achevaient de disposer le corps du marchand vénitien plus décemment que sur la claie d'osier. Ils s'apprêtaient à le couvrir d'un drap quand Hugues entra, couteau de chasse au côté, mitaines de cuir aux mains comme s'il partait courir le loup-cervier.

— Abbé Fulbert ! Il se chante dans ton monastère et jusque dans le bourg un air qui ne me plaît pas !

Il s'approcha du corps.

— Voici donc le marchand que j'ai assassiné pour lui voler quoi donc déjà ? Ah oui, des pierreries de grand prix ! Et pour que nul n'en ignore, j'ai laissé son cadavre bien en vue dans la clairière d'un de mes bois. À croire que je suis devenu fou !

Hugues examinait le cadavre :

— Ça, un marchand ? À d'autres ! Cette ceinture qu'il porte sous son surcot, comme pour la dissimuler, est faite pour y pendre une épée, non une bourse ! Aucun de vous ne l'a vu ?

— Si, bel oncle, moi !

Guy revenait du bois de Sousclay où il avait examiné le lieu du crime et il s'avançait de cette démarche souple qui le faisait jeune.

— Te voilà ! grogna Hugues. Il est temps ! Compliments pour ton fils. J'irai un de ces jours jusqu'à Montal le voir. Et aussi ta femme. J'ai toujours plaisir à rencontrer Agnès. Elle t'a fait un beau garçon et j'espère qu'il y en aura d'autres ! Mais pour l'heure, j'ai mieux à faire ! D'où venait cet homme ? Et qui a jugé bon de le tuer sur mes terres pour me faire endosser le crime ? Ce qui n'a pas tardé !

Il se tourna vers Fulbert qui répliqua avec hauteur :

— J'attends moi aussi cette double réponse mais je doute fort que ce soit vous, Hugues de Merle, qui nous la donniez !

— En tout cas, dit vivement Guy pour empêcher que son oncle haussât encore le ton, on n'a pas tué cet homme pour le voler car on l'aurait alors dépouillé de ses habits. Pour un brigand, tout est profit.

Depuis un moment, un homme était entré par une porte de côté menant directement aux appartements du père abbé. Il portait, sur une tunique courte, le grand manteau blanc frappé à l'épaule gauche de la croix rouge sang des chevaliers du Temple de Jérusalem. Son visage était creusé comme par une fatigue ancienne et ses yeux avaient l'éclat de l'acier, peut-être parce qu'ils en avaient la couleur.

Il quitta la pénombre de la porte où il s'était jusque-là tenu et tous les regards convergèrent sur lui. Il resta un instant immobile face au mort. Puis sa voix s'éleva, nette et brève :

— Cet homme, mes seigneurs, n'est, en effet, nullement un marchand. C'est un chevalier normand de la suite du roi Richard d'Angleterre, un de ses écuyers préférés, Guillaume Fitzroy. J'ai combattu à ses côtés au siège d'Acre et j'étais sur le vaisseau de notre ordre qui l'a débarqué à Aigues-Mortes voici un mois.

Il y eut d'abord un silence stupéfait. La révélation laissait sans voix Hugues de Merle lui-même !

— Pourquoi s'est-il fait passer pour marchand vénitien ? s'écria maître Garin, le chef des pèlerins de Rodez que les clameurs d'Hugues de Merle avaient attiré là.

D'autres l'avaient suivi, emplissant la salle. Le père abbé jugea pareil désordre intolérable. Son abbaye était un lieu destiné à la prière et non une baraque foraine où chacun se presse à sa guise.

— Les pèlerins ne sont autorisés à franchir l'enceinte de l'hôtellerie que pour assister aux offices. C'est la règle et j'entends qu'on la respecte ! Que chacun sorte !

Les plus proches de la porte commençaient à obéir lorsqu'une nouvelle question de Garin les arrêta.

— Le valet, seigneur abbé ! Le marchand avait un valet ! Qu'est-il devenu ? Est-il mort lui aussi ?

Cette nouvelle révélation accrut la stupeur. Nul ne songea plus à quitter la salle.

— Parce qu'il y avait un valet ! Et c'est maintenant que vous nous en parlez ! Pourquoi n'avez-vous rien dit ce matin ?

La voix de Guy était menaçante. Garin perdit contenance :

— Tout à l'effroi de ce crime, je n'ai songé qu'au malheureux marchand !

— Ce valet, quel âge avait-il ? Pourrait-il être le meurtrier ?

— Oh non ! Il était très jeune, encore mal aguerri et timide, m'a-t-il semblé. Je ne crois pas avoir entendu une fois le son de sa voix !

— Être muet empêcherait-il de tuer ? fit Hugues au milieu des rires.

Fulbert fronça le sourcil. Guy se hâta de demander :

— A-t-il quitté votre groupe en même temps que son maître ?

— Comment vous répondre, messire ? Je ne les ai vus partir ni l'un ni l'autre. À un certain moment, ils n'étaient plus là, c'est tout... et ils n'ont pas reparu !

Il fixait l'assistance d'un air désemparé. Soudain, il s'écria :

— Lui, là, le marchand de chevaux qui se nomme Géraud, il faisait partie de notre groupe. Depuis Cahors. Et il a disparu lui aussi, hier soir, comme la nuit tombait.

Il désignait un petit homme bien en chair, bien vêtu, avec un regard vif dans un visage rond. L'interpellé s'avança.

— Je ne crois pas, mes seigneurs, avoir besoin de me nommer ! À quel chevalier de ce pays n'ai-je pas fourni de monture ? Et même à vous, seigneur abbé.

— C'est bon, grogna Hugues. On te connaît, Géraud, vieux brigand ! Tu es à ton affaire, hein, les soirs de tournoi ? Acheter bas à l'un pour vendre haut à l'autre !

— C'est là définir le commerce, messire Hugues.

Cet échange impatientait visiblement Fulbert.

— Géraud Gargne, dit-il d'un ton sévère, l'heure n'est pas aux digressions. Il s'agit d'un crime. Ce qu'avance maître Garin est-il exact ?

— Seigneur abbé, il est vrai qu'hier au soir, ayant hâte de retrouver mon logis de Miegemont et connaissant un raccourci qui me ferait gagner une bonne heure, je l'ai emprunté, mais seul.

— Sans même un salut, comme un voleur, après quatre jours de route commune, fit aigrement Garin.

— Justement, après ces quatre jours, je n'avais qu'une hâte, maître Garin : vous quitter. Je révère Dieu et sa sainte Église, messire abbé, mais que n'a-t-il donné des voix justes à ceux qui chantent ses cantiques !

Dans l'assistance, il y eut des rires.

— Il dit qu'il était seul, dit Garin, vexé. Qui le prouve ?

— Rien ni personne, je l'admets.

— Allons-nous entendre longtemps pareilles sottises? s'écria Hugues, excédé. L'accusation portée contre Géraud, que nous connaissons tous, est aussi insensée que celle portée contre moi. Et pendant ce temps, le meurtrier court !

Guy, qui avait écouté sans rien dire, demanda alors :

— Géraud Gargne, en prenant le raccourci que

vous dites et que je connais moi aussi, vous êtes passé près de la clairière où a été commis le crime.

— Tout près.

— Et vous n'avez rien vu, rien remarqué ?

— Messire de Servières, quand j'ai quitté le groupe, le chevalier Fitzroy et son valet en faisaient encore partie. Je peux vous l'assurer. Pourquoi aurais-je spécialement observé la clairière ?

— Vous ne m'avez pas répondu.

Géraud parut réfléchir.

— Si, dit-il enfin, j'ai vu un cheval sans cavalier près d'un buisson de gros houx. Le cavalier n'était sans doute pas loin.

— Et lui, vous ne l'avez pas vu ? insista Guy.

— Ma foi non, messire, sans quoi je le dirais.

— Un marchand de chevaux aussi connaisseur que vous peut-il apercevoir un cheval, même d'assez loin, sans pouvoir le décrire ? intervint Fulbert. À défaut du cavalier, comment était ce cheval ?

— Trop loin, seigneur abbé, et derrière de trop gros houx. Croyez bien que je le regrette car si j'avais pu reconnaître le cheval, j'aurais su qui était le cavalier.

Guy retint un sourire. La curiosité de Géraud était légendaire. Il demanda :

— Vous n'avez pas eu l'idée de vous en approcher, de ce cheval ?

— Si, un bref instant. Et puis j'ai renoncé.

— Cela vous ressemble peu.

Le visage de Géraud se ferma.

— Je vous l'ai dit, messire Guy. J'avais hâte de rentrer.

Guy hocha la tête.

— Donc, votre témoignage ne nous apporte de précis qu'un point : quand vous avez quitté le groupe, le chevalier Fitzroy et son valet y étaient encore.

À cet instant, il y eut comme un remous dans l'assistance. La belle Isaut venait de se glisser habilement jusqu'au premier rang. Elle tourna son visage lumineux vers le chevalier templier qui avait assisté au débat sans mot dire, l'air lointain et comme ennuyé. Il leva les yeux vers elle.

Ce fut bref, presque furtif, mais le regard qu'ils échangèrent, Guy le surprit. Fulbert aussi sans doute car une rougeur de colère colora soudain ses pommettes maigres : cette femme pécheresse qui venait coqueter sous son nez était plus qu'il n'en pouvait supporter. Cette fois, la mesure était comble.

— Sortez de cette salle, tous ! Sinon je prierai messire de Servières d'user de ses valets d'armes !

Cette fois, la salle se vida sur-le-champ. Le templier après un bref salut partit de son côté ainsi qu'Hugues de Merle. Guy resta seul avec le père abbé.

Il y eut un assez long silence. Guy dit enfin :

— La clairière ne nous a rien appris que nous ne sachions déjà. Ni l'herbe ni les fougères n'étaient foulées. Il y a bien eu meurtre par traîtrise et non combat.

— Le gros houx, dont Géraud parlait ?

— Il ne l'a pas inventé. Je l'ai vu.

— Croyez-vous qu'il n'ait pas pu distinguer nettement le cheval ?

— J'aimerais en être sûr.

— Donc, vous doutez de son témoignage.

— Je doute de bien des choses, père abbé, dans cette affaire.

Il y eut un nouveau silence.

— Est-il exact, demanda Guy, que l'un des sergents d'armes de l'escorte du chevalier templier arrivé cette nuit était blessé au bras ? Une blessure fraîche ?

— Fraîchement réouverte, car il s'agit d'une blessure ancienne. En franchissant un gué, son cheval a glissé, il est tombé malencontreusement et la plaie mal cicatrisée s'est remise à saigner.

— C'est le templier qui vous en a parlé ?

Fulbert eut un geste agacé.

— Frère Jérôme me l'avait signalé mais le templier a répondu sur-le-champ à ma question quand je la lui ai posée. Il n'y a rien là de ténébreux.

— Le frère infirmier a confirmé qu'il s'agit d'une blessure ancienne ?

— Le frère infirmier n'a pas vu la blessure. Les templiers sont des soldats, du Christ, mais des soldats. Ils savent se soigner eux-mêmes. Pourquoi mettrais-je en doute les propos de ce chevalier templier ? Il est commandeur de leur maison d'Antioche et du lignage des Châtillon, cousin de celui qui fut prince d'Antioche, Renaud, dont il porte d'ailleurs le prénom.

Guy fit une légère grimace : le défunt prince d'Antioche n'avait pas laissé en Terre sainte de si bons souvenirs ! Toutefois, par courtoisie envers le père abbé, Guy s'abstint de les évoquer. Il dit simplement :

— Et ce commandeur de la maison du Temple d'Antioche arrive, comme à point, pour nous révéler le vrai nom du mort ! Avec, qui plus est, un homme de son escorte blessé ! Et par une étrange coïncidence, il vous demande l'hospitalité la nuit même du crime ! Tout cela ne vous semble-t-il pas, père abbé, légèrement troublant ?

— Pas plus troublant, répliqua sèchement Fulbert, que de savoir que ce chevalier qu'on croyait marchand vénitien a été trouvé assassiné sur les terres de votre oncle, le seigneur de Merle !

Guy sourit, une lueur moqueuse aux yeux.

— Je sais, seigneur abbé, je sais. Il ferait un parfait coupable mais reconnaissez que même vous, à présent, n'y croyez plus !

Les deux hommes se regardèrent. Fulbert eut à son tour une ébauche de sourire.

— Plus guère, il est vrai.

Fulbert ne transigeait jamais avec la vérité, quoi qu'il lui en coûtât. C'était une des raisons pour lesquelles Guy, sans l'aimer, le respectait.

— Donc, tant que nous ne saurons pas pourquoi cet écuyer du roi Richard courait les chemins déguisé en marchand et à quel rendez-vous il se rendait dans la clairière de Sousclay, nous n'avancerons pas. Voilà pourquoi il nous faut à tout prix retrouver ce valet. Je vais donner des ordres au prévôt pour que ses hommes battent la forêt.

Sur ce, Guy salua le père abbé et partit.

3. Un étrange valet

Bertille regardait le visage mince aux traits encore adolescents, les mèches brunes tout emmêlées et l'emplâtre d'herbes qu'elle avait posé sur le front pour arrêter le saignement. La coupure était peu profonde, provoquée sans doute par l'arête d'un des nombreux rochers bordant la rivière que sa tête avait heurté en tombant.

Ce n'était pas le plus inquiétant. Ce qui troublait Bertille, c'était ce qu'elle avait découvert la veille au soir en lui ôtant ses habits pleins de boue : sous ses chausses et ses braies de garçon, le valet était en réalité une fille ! Pourquoi ce déguisement ? Bertille n'avait pu lui poser la question. Tout au long de la nuit, l'inconnue avait été en proie à un demi-délire qui ne s'était apaisé qu'au matin pour céder la place au sommeil.

Et les mots qu'elle n'avait cessé de répéter étaient eux aussi inquiétants. Un crime avait été commis. Pourquoi ? Par qui ? Devant elle, en tout cas. Mais pour que le meurtrier l'ait laissée fuir, il fallait qu'il ne l'ait pas vue. C'est donc qu'elle se dissimulait là encore. Comme sous ses habits de valet.

Elle dormait presque calmement. Par la porte grande ouverte, un rai de soleil frappait la paillasse où elle était couchée et la médaille qu'elle portait au cou brillait. Bertille ne savait pas lire mais ce lion gravé sur une des faces, qui ne le connaissait? C'était le lion d'Aquitaine, sceau d'un prince resté plus près de cœur du duché où il était né qu'il ne l'était du royaume anglais qu'à présent il gouvernait. Qu'est-ce qu'une si jeune fille avait à faire avec Richard Cœur de Lion ?

— Tu y comprends quelque chose, toi, Courte-Patte ? demanda Bertille en caressant doucement le ventre de l'écureuil qui venait de se blottir contre elle.

Soudain, l'animal lui échappa, sautilla jusqu'à la porte, puis alla se cacher derrière le coffre aux vêtements.

Bertille l'observait. De quoi avait-il brusquement peur ? Elle sortit de la cabane dont elle referma soigneusement la porte. Et elle comprit.

Les hommes du prévôt avançaient dans le sous-bois, escortés de chiens. Ils n'étaient plus très loin.

Bertille s'assit devant sa porte et, tirant vers elle sa panière emplie d'herbes, commença à les trier.

Les chiens, les premiers, vinrent la flairer puis deux hommes d'armes l'interpellèrent :

— Toi, la Bertille, qui cours la forêt la nuit, tu n'aurais pas vu un jeune valet vivant ou blessé qui se cacherait ?

— Et pourquoi se cacherait-il ? Il a fait le mal ?

— Possible. On sait pas. Tout ce qu'on sait, nous, c'est ce qu'a dit le prévôt : que son maître a été assassiné, pas plus tard que la nuit passée, peut-être avant l'orage. Parce que l'herbe était pas mouillée sous le corps quand les moines l'ont tiré de la clairière de Sousclay.

— Ce maître, il a un nom ou il est inconnu au pays ?

Un des deux hommes se mit à rire.

— Toi, ma fille, les femmes du bourg ont raison qui disent que tu t'y entends pour amadouer les hommes et leur tirer les vers du nez !

— Et leur donner aussi des potions qui soulagent leurs douleurs, non ? répliqua Bertille en riant à son tour.

— Ce n'est point faux, dit l'autre sergent que Bertille avait guéri d'une enflure au bras après une piqûre de bête venimeuse.

— Alors, ce nom, vous me le dites ou vous ne le savez pas ?

— Si fait qu'on le sait ! Même que c'est un gros seigneur du roi anglais. Un Guillaume Fitz... Fitz quelque chose... De ces noms qu'ici on connaît point !

— Et même, dit l'autre, qu'il s'était déguisé en marchand. Pourquoi ? Va savoir ! Mais si on trouve le valet, faudra qu'il le dise ! Alors, comme ça, tu l'as pas vu ?

— Tu le cacherais pas dans ta cabane ? fit l'autre, soupçonneux.

Elle se dressa face à eux.

— Un homme dans ma cabane ! Ne répète jamais ça, Pierrou du Genestou ! Oui, je te connais ! Et ta femme, la grosse Marion, est venue plus de quatre fois ici pour que je lui donne les herbes qui enlèvent les flux de ventre ! Alors, je te le dis, et à toi aussi, Jean de Combalier – car je te connais pareillement ! Prenez garde et tenez vos langues ! Allez chercher ailleurs votre valet perdu !

Les deux hommes avaient reculé. Ils se concertèrent du regard.

— Bon ! Te fâche pas ! Le prévôt commande, nous, on obéit. Tu as vu personne ; c'est dit.

Ils sifflèrent leurs chiens et s'éloignèrent.

Quand Bertille rentra dans sa cabane, elle trouva l'adolescente en train de tenter de se lever.

— Recouche-toi !

— Non. J'ai entendu les hommes parler dehors. Ils me cherchent. Ici, ils finiront par me trouver. Et il ne faut pas, tu entends, il ne faut pas !

— J'entends, dit Bertille avec un calme qui, par contraste, faisait paraître plus fiévreuse encore la voix de la fille.

— Alors aide-moi !

Le ton ordonnait plus qu'il ne suppliait.

— Je l'ai déjà fait ! Il m'aurait suffi d'ouvrir cette porte pour te livrer au prévôt. Et peut-être aurais-je dû, dans ton intérêt. Messire Guy, qui est le chef de la vicomté de Pleaux, te protégerait mieux que moi.

— Je ne veux pas de protection, mais de l'aide. Pour achever la mission dont… (sa voix trembla un peu) un autre était chargé et qui…

— Est mort assassiné la nuit dernière dans la clairière de Sousclay. Un écuyer du roi Richard.

Le regard de Bertille fixait la médaille que la fille portait au cou. Celle-ci s'en aperçut et tenta de la glisser sous sa chemise. Bertille se mit à rire.

— Trop tard ! Le lion d'Aquitaine, ici, on en connaît le sens. Même moi, au fond de mes bois, tu vois !

L'adolescente haussa les épaules.

— Que tu saches, toi, est sans importance car je vois bien que tu veux m'aider, la fièvre ne m'a pas ôté tout jugement !

Buste dressé, sa petite tête fine orgueilleusement levée et ses yeux pleins d'éclairs d'orage…

— Tu ne parles pas comme un valet.

— Je ne suis pas plus valet que garçon, fit-elle avec mépris. Mais quelqu'un nous poursuivait. Nous pensions lui échapper grâce à ce déguisement.

— Qui n'a pas suffi. Il vous a retrouvés et il a tué ton compagnon. Tu as vu le meurtre ?

L'inconnue eut un brusque frisson.

— En partie. Quand j'arrivais, Guillaume tombait. J'ai seulement entrevu l'homme grâce aux éclairs. Je ne saurais pas le reconnaître. Vêtu de brun. C'est peu. Mais j'ai vu son cheval.

Elle passa une main sur son front, parut étonnée de sentir l'emplâtre.

— Tu es tombée sur un rocher. Ce n'est pas grave.

— J'ai mal à la tête. Il ne faut pas. Je dois faire ce que Guillaume devait faire.

— C'est un de tes parents, ce Guillaume ?

— Mon cousin. Et le chef de notre maison maintenant que mon père est mort, victime de l'orgueil d'un fou !

Elle parlait avec une violence inattendue chez quelqu'un d'aussi jeune. Car enfin, songeait Bertille, quel âge pouvait-elle avoir ? Quatorze? quinze ans?

Bertille, elle, ignorait son âge exact. Après le passage des soldats, il n'y avait plus eu personne de vivant pour dire quand elle était née. La Guiraude avait calculé au jugé : «Tu devais avoir dans les sept-huit ans quand je t'ai trouvée. »

Elle en avait donc « dans les vingt » à présent. Mais la Guiraude disait aussi : « Compter les ans n'empêche pas le temps de passer. Et c'est cela seul qui importe. »

La fille inconnue répéta :

— Je dois partir, aide-moi !

Sa voix avait faibli. Parler l'avait épuisée. Le double choc du crime auquel elle avait assisté et de sa chute était encore trop récent.

Sa tête retomba sur la paillasse. Elle s'endormit à nouveau.

***

La matinée du lendemain commençait juste quand le hennissement d'un cheval troubla soudain le silence. L'écureuil courut comme la veille se blottir derrière le coffre. Bertille sortit vivement et se trouva face à Hugues de Merle qui attachait tranquillement les rênes de son cheval à la branche basse d'un chêne.

Puis il se dirigea vers la cabane.

— Il paraît que les hommes du prévôt t'ont crue sur parole mais moi, ma fille, je suis moins naïf qu'eux !

Il poussa la porte et eut une seconde de stupeur.

— C'est ça le valet ? Te voilà devenue sorcière ! Tu changes les gars en filles ! (il éclata de rire). Le mort déguisé en marchand et la fille en valet, on se croirait à la nuit des fous quand débute le carnaval ! D'ici que le templier se révèle un Turc de Saladin…

L'adolescente s'était dressée.

— Le templier ? Quel templier ?

— Ça t'intéresse, fillette ? Commandeur, dit-on, droit venu d'Antioche et parent de ce vieux chevalier forban que fut Renaud de Châtillon. Le diable a dû rire en emportant son âme, à celui-là ! En tout cas, moi, qui l'avais un peu connu là-bas, je n'ai pas pleuré lorsque Saladin lui a tranché la tête.

À mesure qu'il parlait, le visage de la fille se crispait.

— Ce templier, tu le connais ? demanda Bertille qui l'observait.

Elle ne répondit pas mais se tourna vers Hugues.

— Vous avez été en Terre sainte, messire ?

Hugues, étonné de la question, examina plus attentivement le faux valet. Au contraire de la plupart des femmes, celle-ci ne semblait ni effrayée ni même intimidée par l'aspect peu civilisé du seigneur de Merle. Et cela lui plut.

— Oui, dit-il, j'y fus. En un temps maintenant lointain. Peu après que fut tombée Édesse. Triste époque pour les chevaliers chrétiens.

— Par ma mère je suis petite-fille de celui qui fut premier baron d'Édesse, Josselin de Courtenai.

— Le vieux lion ! s'écria Hugues. Je te comprends mieux à présent. Tu es née là-bas ?

— À Antioche car, vous l'avez dit, Édesse était, hélas, retombée aux mains des infidèles. Et je me nomme Mélisande en souvenir de la reine de Jérusalem qui portait ce nom.

Bertille avait laissé la porte de la cabane entrouverte, et tout en écoutant leur dialogue elle regardait l'un des buissons, le plus rapproché. Les branches bougeaient, alors qu'il n'y avait aucun vent. Elle dit très haut :

— Messire de Merle, venez donc voir…

Et elle s'arrêta car les branches venaient de s'écarter. Un jeune homme s'avançait vers elle, d'un pas vif. Il avait un visage fin encadré de cheveux blonds et raides et des yeux très clairs. À la vue d'Hugues, il s'écria :

— Dieu soit loué, messire, c'était vous !

— Bertille, ta cabane est décidément un moulin où l'on vient de partout ! Peux-tu me dire, Thibaud d'Arsac, ce que tu fais ici ?

— À vous je peux bien le dire. Mon père était en grand souci. Il attendait depuis déjà une semaine un envoyé du roi Richard, un envoyé secret. Il m'a dépêché aux nouvelles. En apprenant le meurtre, j'ai moi aussi tenté de retrouver le valet avec l'espoir qu'il pourrait nous renseigner sur l'assassin. Pour mon père et ses amis, c'est de la plus haute importance. Ils pensent qu'ils ont été trahis.

— Je l'imagine, dit Hugues avec une grimace, un envoyé secret sous-entend un complot (et, comme Thibaud paraissait embarrassé) : je ne te demande rien. Dans ces affaires-là, et surtout quand un roi y est mêlé, j'ai un principe, moi qui n'en ai guère : moins on en sait, mieux on se porte ! Quant à ton valet, entre donc, il est là !

Hugues le poussa dans la cabane.

— Mais..., fit Thibaud, déconcerté, mais...

— Tu ne t'attendais pas à ça ? Moi non plus !

Mélisande toisa Thibaud.

— Crois-tu qu'il soit aisé de courir les routes aux côtés d'un marchand avec des jupes et des nattes ?

C'est moi qui ai voulu ce déguisement. Guillaume se méfiait. Pas assez. Mais si tu es Thibaud d'Arsac, alors, tout est sauvé de ce que voulait le roi Richard. Je pars avec toi !

— Pas si vite, fillette, pas si vite ! fit Hugues en frappant si fort du plat de la main sur le coffre que l'écureuil, totalement affolé cette fois, courut se réfugier contre Bertille. Tu ne connais pas mon neveu Guy. Il est très obstiné sous ses airs insouciants. S'il veut te retrouver, il y parviendra. Le château d'Arsac n'est pas tout près, les hommes du prévôt continuent de ratisser la forêt, vous n'aurez pas fait trois lieues que vous serez rattrapés. Il faudra bien, alors, parler de ce complot !

— Jamais ! dit Thibaud d'un ton farouche.

— Jamais ! répéta Mélisande.

— Tu les entends, Bertille ? Mais, pauvres étourneaux, essayez de comprendre ! Un crime a été commis – sur mes terres, qui plus est ! L'assassin doit être trouvé et puni ! En cela je ne peux qu'approuver mon neveu. Il est chef de la vicomté, il doit y faire régner la justice. Votre complot est mêlé à cette mort, pour beaucoup, sans doute. Qu'y puis-je ?

En dépit de ses paroles, le ton d'Hugues était moins tranchant que d'ordinaire. On aurait presque pu croire qu'il hésitait. Bertille le remarqua parce qu'elle connaissait bien le seigneur de Merle. Du temps de la Guiraude, il venait souvent parler avec la vieille femme. Il s'intéressait aux plantes. Peu de gens le savaient. Après sa mort, il avait continué à venir de temps à autre. Bertille avait appris à ne plus trop craindre ni ses éclats de voix ni ses colères. Et elle savait comment s'y prendre avec lui.

En ce moment, elle l'observait. Il était embarrassé. Sans doute au souvenir de ce Josselin de Courtenai et du temps où lui-même était croisé.

— Messire Hugues, dit-elle en balançant ses anneaux d'argent, vous y pourriez peut-être un peu. En souvenir.

Il plissa à demi les yeux.

— En souvenir, comme tu dis ! Museau doré !

Il y eut un assez long silence puis il s'écria :

— Complot, crime, au diable ! Je ne laisserai pas dans l'embarras la petite-fille de Josselin. Je t'emmène !

— À Arsac ? fit Thibaud, plein d'espoir.

— Là, tu demandes trop, damoiseau ! Je l'emmène à Merle, chez moi. Personne ne se risquera à venir l'y chercher (il fit une grimace), du moins je l'espère. Bertille, prête-lui un de tes sarraus. Les déguisements, c'est fini ! Et tâche de lui arranger cet emplâtre sur le front. Qu'on n'aille pas me soupçonner d'un autre assassinat !

4. Bertille se défend

Derrière la cabane, un peu à l'écart, il y avait un appentis qu'un demi-cercle de buissons abritait des vents. Bertille y avait installé un brasero. Sauf aux jours des froids noirs qui gèlent la terre et affament les loups, elle y entretenait du feu à la fois pour sa cuisine et pour ses préparations de remèdes.

L'après-midi était déjà assez avancé. Assise à même le sol, Bertille tournait lentement une cuillère en bois dans le pot contenant un mélange de mélisse, de thym et de miel sauvage qui bouillonnait doucement.

Elle réfléchissait à ce mort, à cette fille déguisée en valet, et à ces noms, Mélisande, Édesse, Antioche, Jérusalem…, de beaux noms qui en faisaient rêver plus d'un. Comme s'ils possédaient le pouvoir d'ensorceler ! Le diable n'y avait pourtant point de part puisque c'était la Terre sainte où reposait le fils de Dieu…

Elle hocha la tête et les anneaux d'argent se balancèrent. Celui qui les lui avait donnés n'avait pu résister. Il était parti avec d'autres, un matin. Aucun n'était revenu. Peut-être avait-il péri là-bas. Ou avant, sur quelque route. Ou alors il l'avait oubliée. Ce sont des choses qui arrivent plus souvent qu'on ne croit.

Les philtres d'amour, la vieille Guiraude ne les lui avait pas enseignés. « Trop dangereux, ma fille, des jeux de sorcière qui te mènent droit au bûcher ! »

Bertille eut un geste brusque et un peu de sirop coula le long du pot. Cette femme, cette Isaut qui était venue un soir voulait un de ces philtres qui font aimer. Comme si sa beauté ne lui suffisait pas pour obtenir des hommes ce qu'elle désirait ! Le vicomte de Turenne, Raymond le malfaisant, s'il n'avait pas péri croisé aurait fini par l'épouser. Et maintenant, le fils cadet, le bel Ernaud était prêt à en faire autant. Bien sûr, le profit serait moindre et Isaut avait les dents longues… Lorsque Bertille lui avait dit : « Je ne connais pas le secret de ces philtres », Isaut ne l'avait pas crue et s'était mise en colère. D'habitude, les gens n'osaient pas, par peur des sorts.

Bertille se leva brusquement : ce cri de bête qu'on étrangle, ce couinement désespéré… Elle sortit sans bruit de l'appentis, vit le corps de l'écureuil par terre et l'homme qui d'un coup de botte lui écrasait le museau. Une rage la saisit. Revenant à l'appentis, elle prit avec une poignée de paille l'anse du pot où bouillait le sirop et marcha vers la cabane.

À sa vue, l'homme eut un ricanement :

— La cache du valet, tu vas me la dire bien gentiment, sinon...

Il s'avançait, un fouet de chasse à la main. Elle lui lança au visage le liquide brûlant. Il poussa un hurlement en portant les mains à ses yeux. Puis, elle saisit le bâton avec lequel elle tuait les serpents et l'abattit de toutes ses forces sur la tête de l'homme qui tomba, inanimé.

Elle resta un moment haletante, à tenter de reprendre son souffle. Après seulement elle regarda mieux l'homme qui gisait à terre.

Il portait un surcot de toile brune marqué à l'épaule gauche d'une croix. Comme les sergents templiers qui venaient parfois de La Selve en Rouergue jusqu'à l'abbaye, pour les grandes cérémonies de la fête de la Saint-Martin.

Alors, Bertille eut peur. Elle ramassa le corps de l'écureuil, caressa le pelage doux, posa ce qui restait de Courte-Patte dans le coffre, sur les vêtements. Qu'au moins rien ne le dévore. Elle aurait le temps de l'enterrer après. Il fallait d'abord qu'elle parle à Martin Tranche-Tout, le prévôt.

***

La nuit tombait lorsqu'elle arriva à Miegemont.

Guy s'entretenait dans la grande salle de sa maison forte avec Martin. Il allait et venait avec impatience à travers la pièce.

— Enfin, ce valet n'a pas pu s'envoler ! Tu es sûr que tes hommes ont interrogé ceux qui parcourent la forêt, boisilleurs, meneurs de porcs à la glandée, récolteurs de miel sauvage et de cire…

— Tous. Ils sont peu nombreux, d'ailleurs, vous le savez. Même Bertille n'a rien vu.

— Ils ont fouillé sa cabane ?

— Ils ne l'ont pas dit, mais je suppose…

— Ah, tu supposes ? Moi je vais te dire ce qui se sera passé. Ils n'auront pas osé s'en approcher par peur qu'elle leur jette un sort ! J'ai beau le répéter, cette fille n'a d'autre pouvoir que de connaître les plantes, nul ne m'écoute. Il faudra donc que j'y aille voir moi-même ! (il s'interrompit :) Qu'est-ce encore ?

Un homme d'armes entrait, poussant devant lui Bertille.

— Elle demandait à voir le prévôt.

Ce dernier murmura :

— Quand on parle du loup… (et, tourné vers Guy :) Vous n'aurez pas la peine d'aller jusque chez elle !

Guy observait Bertille qui baissait la tête et se mordillait les lèvres. Hugues de Merle la disait sauvage et hardie – en quoi elle lui plaisait ! Pour l'instant, elle avait plutôt l'air embarrassé.

— Parle ! Que voulais-tu au prévôt ?

Bertille garda un instant le silence. La présence de Guy, à laquelle elle ne s'attendait pas, la troublait. L'histoire qu'elle s'était préparée à raconter au seul prévôt ne satisferait pas le seigneur de Servières, moins facile à tromper que le Tranche-Tout. Que dire à présent qui ne nuise ni à Mélisande, ni au seigneur de Merle..., ni à elle-même ? Et qui soit pourtant vrai ? Elle se décida pour le plus simple.

— Un homme est venu à ma cabane. Il me voulait du mal. Il a étranglé mon écureuil. Je me suis défendue en lui jetant au visage un sirop brûlant que je préparais et je lui ai donné un coup sur la tête avec mon bâton à serpents. Il est tombé.

— Mort ? demanda le prévôt.

— Je ne crois pas.

Elle gardait la tête baissée.

Cette attitude intriguait Guy. Quelque chose clochait. Une contradiction entre ce qu'il savait d'elle – par Hugues, il est vrai – et cette façon gauche, presque enfantine, dont elle venait de débiter son histoire.

— Pour que tu déranges le prévôt, il faut que cet homme soit quelqu'un de quelque importance, remarqua Guy. Tu le connais ? Qui est-ce ?

— Un sergent d'armes templier, fit-elle sans lever la tête.

Le prévôt sursauta.

— Comment sais-tu qu'il s'agit d'un servant du Temple ?

— Je connais leur costume avec la croix.

— Et pourquoi serait-il venu au fond des bois, chez toi ? demanda Guy.

Le ton moqueur qu'il avait adopté eut le résultat qu'il espérait. Elle releva enfin la tête et le regarda.

— Parce que ce n'est pas n'importe quel bois, messire de Servières, mais celui où a été assassiné le marchand, enfin, le faux marchand.

— Tu sais cela, s'écria le prévôt. Qui te l'a dit ?

Elle eut un soupçon de sourire.

— Vos hommes, messire prévôt.

— Parlons-en, de ces hommes, dit Guy. Ils ont fouillé ta cabane ?

— Ils auraient pu le faire. Ils n'y auraient pas trouvé de valet !

Maintenant elle ressemblait davantage au portrait que faisait d'elle Hugues de Merle.

— Pourtant ta porte était fermée et tu ne l'as pas ouverte. Qui cachais-tu ?

Elle regarda Guy bien en face.

— Une fille que j'ai ramassée blessée la nuit de l'orage.

Guy hocha la tête.

— Déguisée en valet. C'était donc ça ! Un faux marchand, un faux valet...

— Et tu n'as rien dit ! fit le prévôt que la colère gagnait, passé le premier moment de stupeur.

Elle eut à nouveau ce soupçon de sourire qui lui

faisait un visage différent, des yeux malins, un air rusé.

— J'ignorais le crime, messire prévôt. Vos hommes ne sont venus qu'hier.

— Et elle, elle n'a pas parlé ? demanda Guy.

— Des mots sans suite. Elle s'était blessée en tombant, je pense, sur un rocher comme il y en a tant au bord de la rivière. Elle délirait. Après elle a dormi.

— Et maintenant, où est-elle ? demanda Guy qui ne souriait plus.

De nouveau Bertille baissa les yeux.

— Elle est partie.

— Partie où ? Seule ? Dans son état ! C'est une fable que tu nous contes ! fit avec une colère croissante le prévôt.

— S'il vous plaît de nommer fable ce qui est la vérité ! Messire prévôt, je suis venue vous demander protection. Ce sergent templier m'effraie.

— Dans l'état où il doit être, il ne peut plus te faire grand mal ! grogna le prévôt, exaspéré par l'impudence de la demande.

Protection ! Alors que sans ses mensonges, le faux valet, qu'il soit fille ou garçon, serait entre leurs mains ! Et ce sergent templier devait être dans un bel état. Tout ça pour un écureuil étranglé ! Le commandeur d'Antioche n'allait pas manquer de demander réparation. À juste titre. Et elle quémandait protection ! Le cachot et de bons coups de verges, voilà ce que cette Bertille du diable méritait ! Et après, rentre dans tes bois, ma fille, et restes-y !

Le prévôt Tranche-Tout aimait les solutions nettes et l'air songeur de Guy l'inquiétait.

— Martin, tu prends deux hommes avec toi et tu me ramènes ce sergent templier. (Et à Bertille :) Toi, tu restes ici, j'ai encore quelques questions à te poser.

Une fois le prévôt parti, Guy demanda :

— En admettant, ce dont je doute, que cette fille ne t'ait pas parlé, restent les mots qu'elle a prononcés dans son délire. Ceux-là, tu les as entendus.

Et comme Bertille semblait hésiter à répondre, il ajouta :

— Et n'essaie pas de jouer au plus fin avec moi comme tu viens de le faire avec le prévôt. Ta demande de protection l'a tellement surpris et mis en colère qu'il n'a pas remarqué que tu ne répondais pas à sa question.

— Ma demande n'était pas fausse. J'ai peur, messire, réellement peur !

— Tu le peux. L'ordre du Temple de Jérusalem est puissant, ses chevaliers sont avant tout des soldats. Ils se réclament du Christ, mais pardonnent peu les offenses. Si, comme je le pense, ce sergent est de l'escorte du commandeur d'Antioche, tu ne pèseras pas lourd ! Un insecte qu'on balaie de la main !

Après un nouveau silence, Bertille dit, d'un trait :

— Il cherchait le valet. Pour son maître, celui d'Antioche, dont vous venez de parler.

— Il l'a nommé ?

— Non.

Elle se rendit compte de son erreur et rougit.

— C'est donc que quelqu'un d'autre t'en a parlé. Cette fille, dans son délire... ? ou après... ?

Bertille fit oui de la tête puis ajouta :

— Elle a dit aussi Jérusalem et Richard.

— Le roi Richard ?

— Peut-être... Je vis dans les bois, messire, et je n'ai que le peu de savoir que la Guiraude m'a donné, celui des plantes. Parce qu'elle n'avait pas toujours vécu, elle, dans les bois. Et son savoir, elle le tenait d'un médecin juif d'Espagne converti à la foi chrétienne et pourtant obligé de fuir un pays qu'elle appelait Castille. Elle aussi y avait vécu et elle disait que là-bas...

Elle parlait, parlait, pour reculer le plus possible le moment où il finirait par lui faire dire ce qu'elle voulait taire.

Guy l'écoutait. Combien de temps Bertille, par ses digressions habiles, réussirait-elle à éviter les questions qui la gênaient ? Ce faux valet ne s'était pas enfui seul. Quelqu'un l'avait aidé ; que Bertille connaissait. Voilà pourquoi elle s'obstinait à taire son nom. Et elle l'entraînait, lui, Guy de Servières, avec finesse, vers l'Espagne de ses errances, de sa jeunesse, vers l'Aragon et ses terres brûlées de soleil, vers la Castille couleur de bure à l'automne. Un passé qui lui paraissait parfois proche et parfois lointain et qu'il lui arrivait aussi, à certains moments, de regretter – pourquoi ne pas se l'avouer? – malgré l'amour d'Agnès.

Guy en eut brusquement assez.

— Qui l'a emmenée ?

— Personne. Elle est partie de son plein gré.

— Elle n'est pas partie seule. Avec qui ?

— Quelqu'un qu'elle connaissait.

— Et toi, tu ne le connaissais pas ?

— Lui, non.

— Parce qu'il y en avait un autre ?

— Je n'ai pas dit ça !

L'obscurité envahissait la salle. Un serviteur vint allumer les torches pendues aux murs dans des anneaux de fer. À leur lueur fumeuse, le visage de Bertille semblait flou, comme reflété dans une eau mouvante. Une eau à son image, limpide ou trouble selon ce qui l'agite, et qui vous glisse entre les doigts.

Il décida de changer de tactique.

— Assieds-toi, dit-il d'un ton brusque. Ce faux marchand était un chevalier du roi Richard d'Angleterre. La fille qui l'accompagnait n'était certainement pas une servante ordinaire. A-t-elle dit s'ils étaient parents ?

Le soulagement de Bertille fut visible et elle répondit avec vivacité :

— Cela, oui, elle l'a dit. Il était son cousin.

— Et son nom ?

— Elle l'a dit aussi. Mélisande, comme une reine

de Jérusalem, il paraît. Elle a ajouté qu'elle était née à Antioche et qu'elle était petite-fille d'un seigneur de là-bas qui se nommait Josselin de Courtenai. Très célèbre.

— Très, répéta Guy machinalement.

Il se leva, appela un serviteur.

— Fais seller mon cheval. Je vais à l'abbaye. Et surveille cette fille. Elle ne doit quitter la maison sous aucun prétexte. Je n'ai pas envie de perdre le seul témoin que j'ai de l'existence du valet !

5. L'aveu d'Hugues

C'était l'heure entre chien et loup où se termine le jour et commence la nuit.

L'office de vêpres s'achevait. Les pèlerins sortaient, par groupes, de l'église abbatiale. Ils s'entretenaient davantage des événements du jour que des cérémonies en l'honneur de la Vierge qui auraient lieu le surlendemain. Chacun se demandait où avait pu passer ce valet. Et le plus entouré était maître Garin qui pérorait de sa voix aigrelette en allongeant son museau chafouin.

La belle Isaut s'apprêtait à regagner le logis qu'occupaient à l'hôtellerie les dames, épouses ou filles de chevaliers. Malgré la conduite scandaleuse de la jeune femme – et le mécontentement qu'il en éprouvait –, le père abbé ne pouvait l'empêcher d'y résider à chaque fête votive car elle était fille de petit mais honnête lignage et veuve d'un écuyer de Turenne.

Ernaud était à ses côtés. Fulbert, qui traversait la cour en compagnie du templier commandeur d'Antioche, passa près d'eux en détournant la tête.

L'arrivée de Guy de Servières provoqua dans les groupes de nouveaux commentaires et plus encore quand on le vit pénétrer dans la demeure du père abbé en même temps que Fulbert et le templier.

Le marchand de chevaux, maître Géraud, qui s'était tenu le plus possible à l'écart des pèlerins de Rodez et de leur chef, se rapprocha insensiblement de la belle Isaut et d'Ernaud. Tous deux s'étaient arrêtés et parlaient à voix basse. Géraud n'entendit que la fin d'une phrase. Elle lui suffit. Il ne s'était pas trompé, l'autre nuit, au sujet du cheval. Comme Isaut soudain le regardait, Géraud s'éloigna.

***

Au même moment, chez le père abbé, l'air s'alourdissait. Et ce n'était pas seulement de l'odeur de cire des cierges brûlant dans de hauts chandeliers pour éclairer la salle !

Guy était trop mécontent pour se perdre en politesses. Il attaqua d'entrée :

— Puis-je savoir, seigneur templier, ce qu'un sergent de votre escorte est allé faire au fond du bois de Sousclay, non loin de la clairière où le crime de l'autre nuit a été commis ?

Renaud de Châtillon demeura impassible.

— Pourquoi devrais-je le savoir ?

— Parce qu'il cherchait le valet et ce ne pouvait être que sur votre ordre.

— De qui tenez-vous cette fable ?

— D'une fille qui habite là et qu'il a menacée pour lui faire dire où se cache le valet.

— Parce que cette fille cache le valet ?

Le ton était ironique.

Fulbert avait sursauté.

— Bertille ! Pourquoi ? Elle a donc menti aux hommes du prévôt !

— La question n'est pas là, dit sèchement Guy. Ce que je veux savoir, c'est la raison pour laquelle vous aussi, seigneur templier, recherchez ce valet.

Renaud haussa les épaules.

— Cette fille a menti. Comme elle a menti aux hommes du prévôt. Le père abbé vient de vous le faire remarquer. Si vous viviez comme nous, les chevaliers du Temple, en terre païenne, parmi les adorateurs de Mahom, vous sauriez qu'on ne peut se fier à certaines gens que le diable inspire. Ce doit être le cas pour cette fille. Que fait-elle à vivre seule au fond des bois ?

Fulbert intervint :

— Le frère infirmier à qui elle apporte des plantes pour les remèdes qu'il prépare la dit bonne chrétienne.

— Un simple, comme ses herbes ! fit avec mépris le templier.

Un peu de rouge monta aux pommettes de Fulbert mais il garda le silence.

On entendit alors, venant de dehors, des cris de femmes et un hurlement continu. Puis la voix du prévôt ordonnant de poser à terre une civière.

Le père abbé sortit précipitamment, suivi du templier et de Guy.

Le sergent étendu sur la civière gémissait à présent : une longue plainte régulière ; à voir son visage à la lueur des torches on pouvait comprendre les cris d'effroi des femmes. On distinguait à peine les traits sous les boursouflures rougeâtres de la peau qui semblait à vif. C'était bien pis qu'une plaie. Et les yeux brûlés n'avaient plus de regard.

Le frère infirmier était accouru. Il regardait le visage.

— Que pouvez-vous faire pour lui ? demanda Renaud.

Le frère secoua la tête.

— Bien peu, je le crains. Il aurait fallu pouvoir agir tout de suite, surtout pour les yeux. C'est comme s'il avait reçu de la poix bouillante… (il ajouta timidement :) lors d'une guerre. Une blessure de soldat.

Parmi les gens, des murmures montaient, un nom se répétait : Bertille. La voix d'Isaut s'éleva :

— Une fille comme elle, qui vend des philtres d'amour, est capable de n'importe quelle diablerie. L'infortuné sergent du temple…

Elle ne put achever sa phrase. La voix du commandeur d'Antioche l'interrompit :

— Je dirai comme le frère infirmier, c'est une blessure de soldat.

Et il tourna le dos à la civière.

Visiblement il avait fait taire Isaut. Pourquoi ? se demanda Guy. Existait-il un lien entre eux et lequel ?

— Bien entendu, messire de Servières, je demande pour cette fille, dont vous m'aviez tu qu'elle s'était ainsi défendue, un châtiment exemplaire. Je l'exige.

— Et moi j'exige de connaître la vérité. Et je vous interdis, messire Renaud de Châtillon, commandeur d'Antioche, de quitter ce lieu avant que cette affaire de crime ne soit résolue.

Fulbert s'était redressé.

— Cette abbaye est lieu de sauveté. Quiconque y demeure est sous ma protection.

— Qu'il y reste ! Car s'il en sort, lui ou ses hommes, je les ferai arrêter.

Il fit signe au prévôt de le suivre.

Les deux hommes chevauchèrent en silence jusqu'à la maison forte. Lorsqu'ils y furent, Guy ordonna au prévôt d'enfermer Bertille dans une des cellules de la prison. « Mais sans garrot ni chaînes, tu entends ! »

Malgré cela, Martin Tranche-Tout se sentit soulagé : enfin, un peu de raison revenait au seigneur de Servières ! Il aurait été bien étonné de savoir que c'était là le seul moyen que Guy avait trouvé pour protéger la fille.

***

Hugues de Merle n'apprit la nouvelle que le lendemain en fin de matinée. Il rentrait de la chasse. Mélisande courut vers lui et raconta pêle-mêle le sergent templier, l'écureuil, le sirop brûlant et, pour finir, Bertille en prison.

— C'est trop fort ! Elle n'a rien fait de mal ! Et si vous saviez, cet écureuil était si gentil et ces templiers ne sont qu'orgueil et démesure ! Il faut faire quelque chose. Le chef de la vicomté est votre neveu…

— Assez ! tonna Hugues. Cesse de t'agiter comme une poule à qui on volerait ses poussins. Ce sergent templier est une vermine mais Bertille est une folle et moi un insensé de l'avoir écoutée. Oui, le chef de la vicomté est mon neveu et cela n'arrange rien. Au contraire ! Enfin, le vin est tiré ; même s'il est aigre, il faut le boire. Je vais à Miegemont.

— Je vous accompagne. C'est à cause de moi et je ne peux pas…

Elle s'arrêta, intimidée par le regard furieux d'Hugues.

— Tu restes ici. C'est un ordre. Et ne t'avise pas de me désobéir. Mes hommes ont la main dure. Ne t'y frotte pas !

***

Lorsqu'il le vit entrer dans la salle de la maison

forte où il se tenait, Guy leva sur Hugues un regard étonné.

— La chasse est déjà terminée, bel oncle. Fut-elle bonne ?

— Très mauvaise. Et ce n'est pas pour parler gibier que je suis ici. Guy, avant de me répondre, j'aimerais que tu te souviennes que je suis ton aîné d'au moins dix années, que tu es, par ta mère, de mon lignage dont je suis le chef et... (Il haussa les épaules.) Au diable les phrases ! Tu as fait arrêter Bertille mais le coupable, c'est moi. Oui, reprit-il avec force, c'est moi qui ai trouvé le valet dans sa cabane et moi seul qui ai décidé de l'emmener chez moi, à Merle. Pourquoi souris-tu ?

— C'était vous qu'elle protégeait ! J'aurais dû y penser mais j'avoue que l'idée est en soi si saugrenue ! Le lion et le moucheron ! Elle est têtue comme une mule et habile. C'est vous, bel oncle, qui lui avez appris à parler comme elle le fait, presque en dame ?

— Tu me prends pour un clerc ? gronda Hugues. C'est la Guiraude. Étrange femelle ! Comment avait-elle échoué dans mon bois de Sousclay ? De qui tenait-elle sa connaissance des plantes et de la vie ? Mystère. Et qu'importe !

— Vous avez raison. Qu'importe ! Revenons plutôt au présent. Ainsi, c'est vous, bel oncle, qui avez soustrait à ma justice l'unique témoin d'un crime ! J'aurai bonne mine quand le père abbé l'apprendra ! C'est l'arrestation de Bertille qui vous a décidé à l'aveu ?

Sa voix était sèche mais son regard amusé.

— Tu crois que je vais m'attendrir comme un oison au duvet sur les malheurs d'une fille assez folle pour aller massacrer un sergent de l'ordre du Temple ?

— Alors vous êtes venu à cause du valet qui est en réalité une femme nommée Mélisande, née à Antioche, petite-fille de Josselin de Courtenai et cousine du Fitzroy assassiné dans votre bois.

— Elle t'en a appris des choses, cette Bertille ! Et de ce Renaud de Châtillon, commandeur de la maison d'Antioche, elle t'a parlé ? Et du complot ?

— Ni de l'un ni de l'autre. Mais vous allez le faire.

— Je suis venu pour ça. Pour le complot, prudence oblige. Je n'ai pas voulu qu'on m'en touche un seul mot. Mais il n'est pas besoin d'être sorcier pour deviner qu'il y a du Jean sans Terre là-dessous ! Ces descendants angevins du vieux Foulque, tout rois qu'ils sont devenus, périront tous à force de se haïr et de s'entre-tuer. Richard et Jean ne se sont unis que le temps de forcer leur père comme un gibier. Maintenant qu'il est mort, ils se battent. En ce moment Richard est loin de son royaume ; du coup, Jean se sent les mains libres pour tenter de s'en emparer. Il fait des promesses, il trouve des alliés. Et organise son complot. Il ne s'attaque pas d'entrée à l'Angleterre mais à l'Aquitaine qui est un moindre morceau. Et c'est là qu'il se trompe. Richard est resté aquitain avant tout. Il a eu vent du complot mais il ne peut quitter la Terre sainte. Alors il envoie ce Fitzroy en émissaire secret – note-le bien. Et à qui l'envoie-t-il ? Aux seigneurs de Périgord qu'il sait lui être dévoués corps et âme. Arsac en tête. Pour qu'ils tentent de déjouer le complot ourdi par son frère.

Hugues de Merle poussa un énorme soupir après avoir parlé aussi longtemps. Guy l'avait écouté très attentivement.

— Je ne vous savais pas, bel oncle, si expert à décortiquer les complots. Je crois que vous avez raison et que certains seigneurs de la région sont tout prêts à trahir Richard, tandis que d'autres le défendent. Mais ce Fitzroy, on lui a tendu un guet-apens et on l'a saigné par-derrière, comme un pourceau ! Ce ne peut être l'acte d'un chevalier !

Hugues haussa ses larges épaules.

— Les preux chevaliers défenseurs des dames et des pauvres gens font de beaux héros de romans courtois, de belles enluminures sur les livres d'heures. Au réel, ils sont comme les autres hommes, jaloux, menteurs, avides... Et moi, on me dit bien brigand !

— Cela vous déplaît-il tant ? Mais dites-moi, votre Mélisande, toute petite-fille de Courtenai qu'elle est, pourquoi courait-elle les routes aux côtés de Fitzroy ? Et déguisée ? Elle aussi nous arrive d'Antioche. Comme Renaud de Châtillon. Un commandeur de l'ordre du Temple ! Quelle part a-t-il là-dedans ? Fait-il partie du complot ? Ce sergent arrivé blessé à l'abbaye, la nuit du crime, c'est lui qui s'est rendu chez Bertille.

— Comment le sais-tu?

— Tout à l'heure, sur la civière, j'ai vu le pansement qu'il avait au bras. Et il cherchait, à ce que dit Bertille, un valet, non une fille. C'est donc que Renaud de Châtillon, qui l'a envoyé là-bas, c'est certain, n'est pas au courant du déguisement de Mélisande, ne sait même pas qu'il s'agit d'elle, en admettant qu'il la connaisse.

— Elle, en tout cas, le connaît et paraît non seulement le craindre mais le détester.

— Pourrait-il être l'assassin ?

— Elle assure que non.

— Elle a assisté au meurtre ! Et vous me la cachez ! Un témoin de cette importance ! Bel oncle, je devrais...

— Écoute-moi, coupa Hugues. Elle n'a rien vu du tout. Voilà ce qui s'est passé. Fitzroy lui avait ordonné de rester avec le groupe de pèlerins auquel il s'était joint par prudence car ils avaient depuis Toulouse l'impression d'être suivis. D'où leur déguisement, lui en marchand, elle en valet. Fitzroy s'est donc éloigné seul, ce soir-là. Mais, inquiète, elle ne lui a pas obéi et l'a suivi. (Hugues se mit à rire.) Si tu la connaissais, une vraie Courtenai! Une tête! Bref, elle est arrivée auprès de la clairière au moment du meurtre. L'orage n'avait pas encore éclaté mais souviens-toi combien la nuit était sombre. Seuls les éclairs, par brèves lueurs, permettaient non pas de voir mais d'apercevoir. Elle affirme que l'homme qui a tué son cousin était vêtu de brun, non d'un surcot blanc de chevalier templier.

Guy soupira.

— L'argument est un peu léger mais il n'y en a pas d'autre pour l'instant.

— Et les chevaux ? demanda soudain Hugues. Fitzroy et elle avaient des chevaux.

— Il est facile de les faire fuir, en les effrayant.

— Jamais très loin. Tu devrais dire à Géraud de surveiller la prochaine foire aux chevaux – il y en a une sous peu dans le haut pays. Il ira sûrement.

— Et le cheval sans cavalier qu'il dit n'avoir pas reconnu, près du gros houx, dans la clairière ? Dit-il vrai ?

— Va savoir avec Géraud ! Il est capable de maquiller une carne en destrier. Alors, la vérité ! Malin si tu la lui fais dire ! Pour le faux valet, je te le rends ou tu me le laisses ?

— Je vous le laisse. J'ai assez de Bertille à protéger. Si Agnès avait été là, je n'aurais pas eu besoin de prison. Je la lui aurais confiée et nul n'aurait trouvé à y redire. Elle sait se faire aimer de tous. Jamais je n'ai autant regretté son absence !

— Ton Agnès, à trop en faire un ange, il finira par lui pousser des ailes ! Et pour les chevaux songe à parler à Géraud. Moi, je te quitte !

6. Un mystérieux cheval

Géraud Gargne était le marchand de chevaux le plus réputé de la région pour son coup d'œil et son habileté à traiter une affaire. Les années et l'habitude n'avaient pas émoussé le plaisir qu'il prenait à exercer son métier. Et chaque fois qu'il se rendait à une foire, le même air réjoui épanouissait encore un peu plus son visage rond.

Mais pour la première fois ce matin-là, l'idée de s'en aller à la foire dans le haut-pays lui pesait.

L'anormale chaleur de ces derniers jours avait brusquement cessé. Il faisait un vilain temps humide et déjà froid où perçait un début d'automne.

Monté sur sa meilleure mule – car il ne convenait pas pour un marchand de jouer au seigneur ! – Géraud remâchait des pensées amères. Il avait beaucoup plu la nuit précédente et, à son passage, les feuilles qui s'égouttaient mouillaient son visage et son meilleur surcot de drap. Ce qui achevait d'assombrir son humeur.

Il n'aurait jamais dû accepter de rechercher les chevaux de l'écuyer assassiné et de son valet. De beaux chevaux. Géraud les avait remarqués dès que les deux cavaliers s'étaient joints à leur groupe, sur le causse. Ils seraient faciles à reconnaître. Mais se mêler de cette affaire, c'était mettre le doigt entre l'écorce et l'arbre. Comment le retirer ensuite sans dommage ?

Si seulement il n'avait pas emprunté le raccourci, le soir du crime, il ne serait pas tombé sur l'autre cheval, celui attaché au gros houx, près de la clairière de Sousclay. Celui-là, il aurait fallu être aveugle pour ne pas le reconnaître. C'était lui, Géraud, qui l'avait vendu à son propriétaire. Il avait été forcé de mentir.

Lui, si prudent d'ordinaire, quel besoin avait-il eu de parler de ce cheval devant toute une assemblée, dont la belle Isaut, qui plus est ? Cette femme était loin d'être sotte et pouvait se révéler dangereuse.

Et messire de Servières tout autant ! Géraud n'avait pas été dupe du ton aimable avec lequel Guy avait formulé sa demande : puisqu'il allait à cette foire... regarder... au cas où... un réel service... Les yeux démentaient la voix ! Un regard qui vous scrutait, vous sondait pour savoir ce que vous cachiez.

Exactement comme lui, Géraud, observait un cheval qu'il soupçonnait d'être vicieux !

Plus il réfléchissait, plus il devenait soucieux. Il avait encore quatre lieues à faire, seul, avant de retrouver, au croisement de la Mativie, un groupe d'autres marchands attirés comme lui par la foire aux chevaux du haut pays. Une des plus importantes de l'année et la dernière avant l'hiver.

Le chemin qu'il suivait était peu fréquenté et longeait par endroits d'anciens essarts abandonnés, ce qui donnait du clair aux arbres. La vue portait plus loin. Et Géraud avait de bons yeux ; il aperçut la silhouette de l'homme, l'arc tendu. Qui pouvait chasser là ? Le sifflement de la flèche lui fit, d'instinct, baisser la tête, courber le dos. La mule fit un écart et la flèche se planta dans un hêtre.

Géraud n'attendit pas que l'homme tende à nouveau son arc. Il tourna bride et piqua si fort les flancs de sa mule qu'elle partit au galop comme un étalon !

En le voyant revenir au logis si peu après son départ, la servante poussa des cris. Le maître était-il malade ? La fièvre quarte avait dû le saisir pour qu'il soit à ce point en sueur par cette fraîcheur ! Voulait-il une décoction de bourrache ? Du vin chaud ? Manquer une foire de cette importance, il fallait qu'il se sentît au plus bas !

Un coup d'œil de Géraud la fit taire.

— Bassine le lit. Je me couche.

Là, elle ne douta plus qu'il fût à l'article de la

mort ! Se coucher en plein jour ! Elle courut emplir la bassinoire de braises.

Géraud avait besoin de réfléchir en paix. Qu'on le croie malade lui assurerait quelques heures de répit. Celui qui en voulait à sa vie, si décidé fût-il, ne le ferait pas assassiner dans son lit ! Une flèche égarée, dans un bois, passe… Le calcul était habile. Qui se serait soucié longtemps de la mort accidentelle d'un obscur marchand de chevaux ? Aucun de ceux qui détenaient le pouvoir. Les gens d'Église se méfiaient de son commerce, qu'ils assimilaient à l'usure, et les seigneurs le méprisaient.

Géraud ne voulait pas pour autant se laisser tuer comme un mouton peureux qui ne sait que pousser de faibles bêlements sous le couteau du boucher !

Mais à qui demander secours ? Comment se dire victime d'une tentative de meurtre sans donner un début de raison ? Que répondre aux questions que ne manqueraient pas de poser le prévôt Tranche-Tout ou, pis encore, messire de Servières ? Comment leur faire part des soupçons qu'il avait sans révéler de nom ? Et avouer ainsi que, lui, Géraud, avait menti au sujet de ce maudit cheval, près du gros houx, la nuit du crime !

Il se tournait et retournait sur sa paillasse sans pouvoir se décider à rien. Deux heures passèrent, au carillon des cloches de l'église voisine. Il n'y tint plus, repoussa d'un coup de pied courtepointe et plumasse. Assez hésitaillé ! Il avait menti mais n'avait pas juré sur l'Évangile. Ni devant aucun tribunal. Et, ma foi, un peu de honte s'oublie. Tandis que la mort, elle, ne peut se réparer !

Il s'aspergea le visage, réajusta ses chausses et son surcot et se dirigea d'un pas prudent – mais ferme – vers la maison forte des vicomtes de Pleaux.

***

Ce même jour, Thibaud d'Arsac revenait à francs étriers de chez son père après lui avoir rendu compte des derniers événements.

Il se présenta au château de Merle. Hugues était à la chasse. Ce fut Mélisande qui le reçut.

Thibaud ne se perdit pas en propos courtois mais, comme souvent les timides, posa d'entrée sa question :

— Mon père et ses amis ne comprennent pas. Avec qui ton cousin Fitzroy avait-il rendez-vous dans cette clairière ? Toi, le sais-tu ?

Mélisande était elle-même trop soucieuse pour s'offenser de l'attitude abrupte de Thibaud.

— Depuis sa mort, je me pose la même question. C'était certainement quelqu'un en qui il avait confiance, car il n'avait pas pris son épée. Il ne portait que la dague qui ne le quittait jamais et qu'il dissimulait sous son surcot de marchand.

— Qu'est-elle devenue, cette épée ?

Mélisande haussa les épaules.

— Perdue avec le reste de nos bagages et nos chevaux. Enfin, pas pour tous. Si c'est un pauvre hère qui les trouve, qu'il en profite ! (Elle secoua la tête.) Non, Guillaume n'était pas inquiet en allant à ce rendez-vous, mais... il a eu un geste étrange. Juste avant de partir, il m'a passé au cou cette médaille qu'il avait sur lui jusque-là.

Elle la sortit de son corsage.

— Le sceau du roi Richard, s'écria Thibaud. C'était le signe qui devait permettre à mon père et à ses amis de reconnaître le messager. Aucun de nous n'avait vu ton cousin et il fallait se montrer prudent. Les hommes du prince Jean sont partout à l'affût.

— Tu crois que l'un d'eux serait l'assassin ?

— Je ne sais pas. Tu dis qu'il n'était pas inquiet en allant à ce rendez-vous. Qui le lui avait fixé et comment ? Tu n'as rien remarqué ?

— Je n'étais pas tout le temps avec lui. Il fallait que je m'occupe des chevaux. C'était mon rôle de valet pour ne pas éveiller les soupçons des pèlerins auxquels nous nous étions joints. Ils n'en avaient déjà que trop !

Thibaud sourit en la regardant.

— Malgré tes cheveux courts, il est certain que...

Il s'arrêta, rougissant. À son tour, elle lui sourit avec un rien de moquerie.

— Au début, je n'étais ni garçon ni valet. Mélisande, la fille aînée du seigneur de Tibériade que son cousin Fitzroy ramenait dans son fief normand, berceau du lignage, après qu'elle avait perdu ses parents.

— Tibériade… là où se livra contre les Turcs de Saladin une grande bataille ?

— Qui fut une grande défaite où périt la fleur de la chevalerie franque d'outre-Jourdain, dont mon père. (Elle ajouta avec violence :) Par la faute des templiers et de leur grand maître, ce Gérard de Ridefort qui méprisa tous les conseils. Je les hais ! Leur orgueil ! Leur dureté !

Thibaud la regardait avec admiration.

La colère lui allait bien ! Ce petit visage hautain, cette façon qu'elle avait de dresser la tête face à l'obstacle comme un poulain de race, jusqu'à ces cheveux courts, tout la faisait différente des jeunes châtelaines que Thibaud connaissait. Avec leurs nattes sages et leurs yeux baissés sur la laine à filer ou la soie à broder.

— Tu as pourtant embarqué sur une de leurs nefs jusqu'à Aigues-Mortes, avec ton cousin. Renaud de Châtillon l'a dit à messire de Servières et au père abbé. J'étais là. J'ai entendu.

— Il a dit vrai. Les vaisseaux du Temple sont rapides et mon cousin était désireux de mener à bien sa mission. Or le temps pressait. Les nouvelles du complot mené par Jean le félon ne parvenaient en Terre sainte que lentement, mais elles étaient inquiétantes.

— Ta présence, pardonne-moi de te dire cela, n'était-elle pas une source de retard pour ton cousin ? Tu as bien dû embarquer avec des servantes ?

— Une seule. Et quant au retard que pouvait provoquer ma présence… (elle jeta un regard méprisant à Thibaud), le roi Richard n'y a pas songé un seul instant. Et il a pensé que ce serait, au contraire, un bon moyen de masquer le vrai but du voyage de Fitzroy. Qui irait soupçonner de mission secrète un écuyer ramenant en Normandie une demoiselle de son lignage ? Tous penseraient comme toi. Sottement.

Là, Thibaud perdit son sourire et répliqua sèchement :

— Si tu expliquais mieux, je comprendrais peut-être, avec le peu d'intelligence dont tu me flattes !

— Tout beau, damoiseau, fit-elle avec un petit rire, ne montez pas sur vos ergots. Vous n'êtes pas un coq annonçant le soleil !

Elle lui tendit la main avec grâce. Il la prit en signe de réconciliation mais toutefois sans sourire. Qu'elle comprenne qu'il avait passé l'âge d'un marmouset en lisières ! Dans deux années, il serait adoubé chevalier et tiendrait un des fiefs de son père avec château de pierre et bonnes terres autour.

— Alors, explique !

— Tout alla bien jusqu'à Toulouse. Nul ne semblait rien soupçonner de la vraie mission de Guillaume. Encore que depuis que nous avions quitté la nef du Temple il ait eu, par moments, le soupçon que l'on nous épiait. Cela, il me l'a confié seulement comme nous arrivions au château du comte Raymond. Et le jour suivant, il devint plus sombre. Il finit par me dire qu'il allait désormais devoir voyager seul et sous un déguisement de marchand car il avait la preuve que ses soupçons étaient fondés.

— Mais qui l'épiait ?

— Qui d'autre qu'un envoyé du prince Jean ? Du moins c'est ce qu'il me dit. Et que je devais aller vivre au monastère des moniales de Sainte-Bathilde avec ma servante, en attendant qu'il vienne m'y chercher.

— Au monastère ! Voilà qui ne devait pas te plaire !

— C'était surtout mal me connaître ! Tous ceux de mon lignage servent fidèlement le roi Richard. Cette mission confiée à mon cousin, je l'avais faite mienne. Me fallait-il abandonner parce que j'étais née fille et qu'un danger, encore incertain, menaçait ? Je me suis laissée docilement conduire au couvent des moniales mais mon plan était fait. Guillaume m'avait laissé une bourse pleine. J'ai envoyé ma servante acheter des habits de garçon. Je les ai revêtus. J'ai coupé mes cheveux et, ainsi équipée, j'ai franchi sans peine la porterie du couvent. Le cheval, je l'ai acheté moi-même. Ça t'étonne ?

Thibaud fit un geste vague. De cette étrange fille

dont la beauté et l'autorité le subjuguaient de plus en plus rien ne pourrait l'étonner désormais !

— Mon père n'avait pas de fils et j'étais son aînée. Il m'a élevée en damoiseau. Je sais dresser un faucon, tirer à l'arc, chasser et monter en homme que ce soit cheval, mule ou poney. Bref, je n'eus pas de peine à rejoindre mon cousin et me présentai hardiment comme son valet.

— Il t'a laissée faire ?

— Devant les pèlerins auxquels il s'était joint, il ne pouvait me démentir. C'eût été se démasquer. N'oublie pas qu'il s'était dit marchand.

— Et pourquoi vénitien ?

— Parce qu'il parlait trop mal la langue d'oc pour se prétendre du pays.

— Et toi ? Ta voix pouvait te trahir.

— Je me taisais si bien que certains m'ont crue muette. Ils observaient peu, sauf le marchand de chevaux. Celui-là avait le coup d'œil et se méfiait.

— Et le soir du crime ?

— Guillaume m'a ordonné de rester avec le groupe des pèlerins en gardant nos bagages et nos chevaux et d'aller avec eux jusqu'à l'abbaye qui était proche. Lui, m'a-t-il dit, avait à faire mais me rejoindrait là-bas.

Elle réfléchit un moment.

— J'essaie de comprendre ce qui m'a poussée à le suivre. Lorsqu'il est parti, la nuit venait. Le sentier était étroit. Je me suis laissée dépasser par le reste du groupe. Et j'ai pris la direction où je l'avais vu s'engager. J'ai attaché les chevaux un peu plus loin. Ils m'embarrassaient. Je pensais qu'il serait facile de les retrouver. J'ai suivi Guillaume au craquement des bois morts sous ses pas. C'est dire s'il avançait ouvertement, comme quelqu'un qui n'a rien à craindre. Cela aussi est un signe.

— Sans doute, mais ne nous donne pas le nom de l'assassin. Tu ne l'as pas vu ?

— Juste entrevu. Au moment où j'approchais de la clairière, l'orage commençait. Le vent s'était levé et par moments balayait les nuages. Cela faisait alors une brève trouée de clarté sillonnée d'éclairs. L'homme levait le bras et Guillaume tombait. Je me suis enfuie. J'ai buté sur un cheval. Celui-là, je le reconnaîtrais ! Le sous-bois était épais, j'ai glissé le long d'un talus au bord de la rivière. Là où Bertille m'a trouvée.

On entendit des aboiements. Des appels retentirent. Et la voix sonore d'Hugues de Merle houspillant les palefreniers, criant des ordres. Ses bottes claquèrent sur les dalles et sa lourde silhouette s'encadra dans la porte. À la vue de Thibaud, il s'exclama :

— Te voilà, toi ! Tu as fait vite ! Il est vrai qu'il y a ici un bel appeau… pour les merles !

Thibaud rougit, mais de colère cette fois.

— Messire, nous ne plaisantions pas !

Hugues éclata de rire.

— Mais moi non plus, jeune daim.

Il tira à lui un escabeau.

— Alors, je vous écoute.

Lorsqu'ils eurent fini leur récit à deux voix, Hugues resta un temps silencieux.

— Ce cheval, qu'avait-il de si particulier pour que tu te dises sûre de le reconnaître ?

— Une tache blanche en forme d'étoile, au front.

Hugues avait froncé le sourcil.

— Tu es certaine ?

— Je le jurerais sur l'Évangile.

— Je ne t'en demande pas tant. Mais cette fois tu vas me suivre et raconter tout ça à mon neveu Guy. L'affaire prend un tour qui me plaît de moins en moins.

7. Les dessous d'un complot

Géraud était dans la salle d'armes de la maison forte en train de demander audience au seigneur de Servières quand Hugues de Merle y fit une entrée fracassante, à son habitude. Il réclama son neveu d'une voix tonnante. Un valet tout tremblant courut le chercher.

Du recoin où il tentait de se dissimuler, Géraud observait la jeune fille qui accompagnait Hugues. Ces boucles courtes, cet air hautain… il n'eut pas longtemps à chercher où il l'avait vue. En valet, aux côtés du marchand vénitien. Lui, Géraud, en vieux renard, avait alors flairé une supercherie. Mais tout de même pas celle-là ! Le valet était donc une fille et Hugues de Merle l'avait retrouvée, lui seul savait où et comment ! L'explication qui allait en être fournie à messire Guy, Géraud avait très envie de l'entendre.

Il se rencogna un peu plus. Par chance, la salle était sombre car dehors le ciel était gris. Il pleuvait, de ces pluies lentes de basse montagne qui tombent obstinément tout le jour.

Guy arriva. Il semblait d'assez mauvaise humeur.

— Vous voilà, bel oncle ! Qu'y a-t-il encore ? Pourquoi m'amenez-vous celle que je suppose être le faux valet ?

Avant qu'Hugues ait pu ouvrir la bouche, Mélisande avait fait à Guy une révérence de cour.

— Je suis Mélisande, fille de Gilles, sire de Tibériade, et petite-fille de Josselin de Courtenai, pour vous servir, messire.

« Et tu portes un surcot que je connais, pensa Géraud. Je l'ai donné à Bertille l'autre hiver, quand elle m'a guéri de la douleur au pied qui me faisait tant souffrir. Donc, c'est Bertille qui te cachait... »

Voilà qui ouvrait encore de nouveaux horizons ! Il se fit tout oreilles.

Guy avait un demi-sourire qui ne laissait présager rien de bon.

— Est-ce pour m'apprendre ce que je sais déjà que vous me l'amenez, bel oncle ? J'ai beaucoup à faire et peu de temps à perdre.

Mélisande avait rougi. Hugues ne se troubla pas.

— Agnès te manque à ce point, que tu sois plus hargneux qu'un dogue ? Je te l'amène pour que tu entendes de sa voix quel cheval était attaché au gros houx près de la clairière, la nuit du crime.

Géraud en eut le souffle coupé et en son for intérieur promit sur-le-champ un cierge de dix sols à la Vierge de Rocamadour. Il n'aurait plus à s'expliquer. Il fit quand même la grimace en entendant Hugues poursuivre :

— Ce vieux brigand de Géraud prétend ne l'avoir pas vu mais elle, oui.

— Par une nuit aussi sombre, fit Guy, sceptique. Il a donc fallu qu'elle tombe sur lui !

— C'est ce qui s'est passé, dit Mélisande d'un petit ton raide. Il était impossible de ne pas remarquer la tache blanche que ce rouan portait au front. Je venais de le heurter et il baissait vers moi sa tête. Je sentais le souffle de sa bouche sur mon visage.

— Le cheval d'Ernaud, murmura Guy.

— Eh oui, le cadet de Turenne. Encore un qui s'est lassé de n'être que cadet. Le prince Jean lui a sans doute promis un fief, de l'argent. Ernaud est passé de son côté. Celui du complot contre Richard.

Guy revoyait le cadavre de Fitzroy, les blessures du dos, cette sorte d'acharnement contre un homme déjà à terre et tué par traîtrise.

— Je ne peux pas croire que ce soit Ernaud. Il est chevalier…

— Tu m'as déjà chanté cet air, beau neveu. Et moi je te demande pourquoi, alors, son cheval était là ? Et n'oublie pas Isaut. Pour la garder, un homme peut renier les serments qu'il prêta le jour où il fut adoubé. Si Ernaud ressemble à son père…

Tapi dans son recoin, Géraud réfléchissait. Il fournissait en chevaux toute la maison de Turenne, c'était la raison pour laquelle il avait menti. Ne pas risquer de perdre pareil marché : tant d'écuyers, de cadets, d'hommes d'armes... Lui non plus n'avait pas cru qu'Ernaud pût être l'auteur du crime. Jusqu'au moment où la flèche avait sifflé à ses oreilles. Ce meurtre-là, le sien, c'était Ernaud qui l'avait commandé. Par crainte d'être dénoncé.

— Je ne comprends pas, dit soudain Mélisande. Si cet Ernaud est, comme vous le dites, un féal du prince Jean et membre du complot ourdi contre le roi Richard, pourquoi mon cousin s'est-il rendu à ce rendez-vous sans méfiance, sans épée, comme s'il allait rencontrer un ami ? S'il avait rendez-vous avec un autre...

— Et qu'Ernaud les ait surpris... Mais quel autre... ?

Guy réfléchissait à voix haute. Hugues se taisait. Géraud se décida brusquement. Au diable la prudence, oublié le cierge à la Vierge de Rocamadour. Ernaud avait voulu le tuer et cela, Géraud l'avait sur le cœur.

Il sortit de son recoin sous les regards surpris d'Hugues, de Guy et de Mélisande.

— Pardonnez-moi, messire Guy, de n'avoir pas manifesté plus avant ma présence. Je n'osais pas interrompre un entretien qui...

— Assez d'excuses. Pourquoi étais-tu ici et non à la foire ?

— Je venais demander audience, messire Guy. C'est justement alors que je me rendais à la foire que, peu avant de parvenir au carrefour de la Mativie, un homme me visa avec son arc. La flèche, par chance, m'épargna. Le galop de ma mule – une très bonne mule ! – me sauva d'autres flèches qui m'eussent peut-être tué, celles-là !

Guy dit avec impatience :

— Eh bien, tu n'es pas mort. Je m'occuperai plus tard de ton affaire. Quelque débiteur, sans doute, qui a cru trouver le moyen de te régler ses dettes. On dit que tu serais usurier à tes heures !

Hugues éclata de rire. Géraud vit rouge : ils se moquaient de lui, ces seigneurs, parce qu'il n'était qu'un marchand. Eh bien, qu'un autre seigneur paie !

— J'ai tout lieu de penser, messire Guy, que mon affaire est liée à celle qui vous occupe en ce moment et que messire Ernaud a voulu ma mort, non un quelconque débiteur d'une usure que je ne pratique pas !

— Bien entendu, tu avais reconnu le cheval, rugit Hugues, et comme une vieille bête tu as cru qu'un mensonge te sauverait la mise. Tu as affaire à plus malin que tu ne croyais ! (Il se tourna vers son neveu.) Es-tu convaincu à présent ? Qu'attends-tu pour arrêter Ernaud ?

— Je vais d'abord l'interroger. Mais pas ici. Il est à l'abbaye. J'y vais.

— À l'abbaye, tu ne peux pas l'arrêter sans encourir les foudres de Fulbert.

— Je le sais. Lui aussi. Ce que je veux, c'est qu'il n'essaie pas d'en sortir. J'ai besoin d'un peu de temps. Pour y voir plus clair.

***

Guy et Ernaud se faisaient face dans la salle étroite et sombre du logis qu'Isaut occupait à l'abbaye pour la durée des fêtes. Le battant de bois qui fermait l'unique fenêtre était resté ouvert, laissant passer un air humide et froid. Il pleuvait toujours.

Guy attaqua, sans préambule :

— Pourquoi avoir caché votre présence aux abords de la clairière, la nuit du crime ?

Ernaud répliqua sur le même ton :

— De qui tenez-vous que j'y étais ?

— Deux personnes ont vu votre cheval : le marchand qui vous l'avait vendu et ne pouvait pas ne pas le reconnaître…

— Je l'ai entendu vous dire le contraire, qu'il n'avait pu le voir, caché qu'il était par de gros houx. Et soudain la vue lui revient ! Quelle étrangeté !

— Certain événement qui s'est passé ce matin même dans la forêt proche de la Mativie semble lui avoir fait recouvrer la mémoire. À cette heure, Géraud devrait être mort.

Ernaud haussa les épaules.

— Qu'il dit ! Comment pourrait-on prendre au sérieux les propos d'un homme aussi habile à travestir la vérité qu'à maquiller les chevaux ! Si l'autre témoin est aussi peu fiable... De qui s'agit-il ?

— Du valet de Fitzroy. Lui aussi était dans la clairière cette nuit-là et il a vu un cheval portant au front une tache blanche en forme d'étoile.

Ernaud dit avec mépris :

— Beaux témoins que voilà ! Après le marchand, le valet ! Si je mets dans la balance ma parole de chevalier contre la leur, le conseil de justice me croira plutôt que ces rustres !

Guy ne l'ignorait pas. Même si ce valet se révélait petite-fille de Josselin de Courtenai, son témoignage pèserait peu : une femme !

— De quoi êtes-vous venu m'accuser, messire de Servières ? du meurtre de Fitzroy ? Je regrette mais cherchez ailleurs ! Je croyais que vos soupçons se portaient sur le templier. On dit que vous l'avez menacé, s'il quittait l'abbaye, de le faire arrêter.

— On dit vrai. Et il en va de même pour vous, Ernaud de Turenne. Ne vous avisez pas de quitter l'abbaye. C'est un ordre et dans cette vicomté-ci, c'est moi qui les donne. Nous ne sommes pas à Turenne et je n'ai pas envers vous les faiblesses de votre frère.

À peine était-il sorti qu'Isaut souleva la tenture qui séparait la salle du réduit où était le lit. Son ravissant visage était crispé.

— Vous auriez dû lui dire la vérité.

— Ah, ne commencez pas ! Contentez-vous d'être belle et n'essayez pas de penser !

Les yeux d'Isaut se plissèrent.

— Comme vous êtes sûr de vous ! Si je le voulais, pourtant... ce templier...

— Ce templier est ici pour une autre raison que celle du complot. Ne mélangez pas tout.

Elle se dirigea vers la porte.

— Où allez-vous ?

— À l'office. C'est vigile de fête.

Il eut un sourire moqueur qu'elle lui rendit et elle sortit.

Guy s'apprêtait à quitter l'abbaye quand Isaut l'aborda. Il était furieux de son entretien avec Ernaud et accueillit fraîchement la demande de la jeune femme.

— Messire de Servières, pourrais-je vous parler un moment seul à seul ?

— Qu'avez-vous de si important à me dire ? Si c'est Ernaud qui vous envoie, il perd son temps. Je ne reviendrai pas sur ma décision. S'il quitte l'abbaye, je le ferai arrêter sinon pour meurtre du moins pour complicité de meurtre.

— Et si je vous apportais la preuve que vous vous trompez ?

Guy hésita puis dit avec brusquerie :

— Venez ! La loge du frère portier n'est pas grande mais elle est proche et personne ne viendra vous chercher là.

Elle le suivit.

— Frère Jérôme, demanda Guy, pouvez-vous,

pendant quelques instants, nous prêter votre domaine ? J'en ai besoin.

Frère Jérôme masqua comme il put sa surprise, mais il aimait Guy et accepta. Il alla s'installer sous l'auvent de la poterne d'où il pouvait remplir son rôle de portier tout en s'abritant de la pluie. Il se mit à prier la Vierge, dont c'était la fête le lendemain, pour que l'entretien de Guy fût bref et que surtout Fulbert n'en sût jamais rien !

Sa prière fut exaucée. À peine eut-il récité deux Magnificat et dix Ave qu'Isaut sortit, souriante, et regagna l'abbaye. Guy remercia frère Jérôme, revint chercher son cheval, regagna Miegemont. Il était très songeur.

De retour à la maison forte, Guy trouva son oncle qui faisait impatiemment les cent pas. Il s'étonna :

— Vous m'attendiez ? Qu'avez-vous fait de Mélisande ?

— Le jeune Arsac l'a raccompagnée à Merle. Trop content de l'aubaine ! Il est devant elle comme un paon timide qui s'essaie à faire la roue ! Mais toi, qu'as-tu tiré d'Ernaud ?

— Rien. Comme je le pensais, il réfute avec mépris les témoignages d'un marchand de chevaux et d'un valet. Les membres de mon conseil feront de même.

Il y eut un silence. Puis Guy demanda :

— Ajouteriez-vous foi aux paroles d'une femme comme Isaut ?

— Cela dépendrait des paroles ! La plupart des

hommes, y compris Ernaud, ne voient que sa beauté. À tort. Elle est fine mouche.

— La croyez-vous capable de mentir pour sauver Ernaud ?

— Là, je te dis non tout de suite. Pour se sauver, elle, mais pour personne d'autre. Si je comprends bien, elle t'a parlé. Que t'a-t-elle raconté ?

— Une histoire de complot et de trahison. Pour le complot, vous aviez vu juste. Le prince Jean tente de prendre à son frère une partie de l'Aquitaine avec l'aide de certains chevaliers dont Ernaud est le chef. Jean lui a fait miroiter rien moins que les trois fiefs d'Arsac ! S'il réussit à se saisir des barons fidèles à Richard qui seront tous présents au château d'Arsac autour du messager secret venu de Terre sainte.

— Joli coup de filet qui vaut bien trois fiefs ! (Hugues fronça les sourcils.) Mais le messager de Richard, ce Fitzroy, comment... ?

— Tout le nœud de l'affaire est là. Ce Guillaume Fitzroy, cet écuyer fidèle, un des préférés de Richard, était, depuis Toulouse, décidé à trahir son maître. C'est avec Ernaud qu'il avait rendez-vous dans la clairière de votre bois. Pour mettre au point les derniers détails du piège où allaient tomber les barons du Périgord. Vous le voyez, bel oncle, Ernaud ne peut pas être son meurtrier. La mort de Fitzroy anéantit son plan. Il lui faut en monter un autre. Ce sera moins aisé.

Il ajouta après un nouveau silence :

— Si toutefois Isaut dit vrai.

— C'est elle qui t'a tout révélé ? Ernaud ne t'en avait rien dit ?

— Rien. Isaut est habile. Ce complot qu'elle me révèle ne m'intéresse pas, elle le sait. Je n'ai pas fait, moi, allégeance à Richard. Mon roi, ce n'est pas lui, c'est Philippe de France.

— Reste la tentative de meurtre sur Géraud.

— Elle ne l'a pas nié. Mais Géraud n'est pas mort. Ernaud ne risque rien. Il niera comme il l'a fait avec moi.

— Elle n'a pas nié, elle, la présence du cheval d'Ernaud, dans la clairière, la nuit du crime ?

— Non. Puisqu'il avait rendez-vous avec Fitzroy.

— Et il n'a pas vu le meurtrier ?

— Lorsqu'il est arrivé aux abords de la clairière, il lui a semblé voir comme des ombres furtives ; des bruits l'ont inquiété, de ces riens qui trahissent une présence dans le silence des bois, la nuit. Ernaud a dissimulé son cheval comme il a pu derrière le buisson de houx et s'est tapi un peu plus loin. Il a entendu des voix, comme une dispute assourdie, puis plus rien. Quand il s'est décidé à sortir de sa cachette, il n'y avait dans la clairière que le cadavre de Fitzroy.

— Et le templier dans tout ça ? Isaut t'a parlé de lui ? Il semblait la connaître.

— Raymond de Turenne lui avait parlé d'elle. Lors du siège de Saint-Jean d'Acre où ils combattaient ensemble. Renaud de Châtillon aurait profité de sa venue dans la région pour la rencontrer et lui transmettre les dernières paroles…

— De son vieil amant ! coupa Hugues. Tu l'as cru ?

— Non. Mais Isaut ne l'a pas cru davantage. Elle semble chercher la vraie raison de sa présence. Sans la trouver. Moi aussi je la cherche.

— Que vas-tu faire ?

— Dormir, bel oncle. La nuit, dit-on, porte conseil. J'en ai besoin. Car nous avons un complot et deux traîtres mais toujours pas de meurtrier. Et demain c'est grande fête à l'abbaye. Fulbert m'enverrait bien sur le bûcher si, par ma faute, quelque scandale se produisait !

8. Le poignard

Bertille avait espéré toute la journée que messire de Servières la ferait appeler. Sans doute un nouvel interrogatoire lui ferait-il avouer ce qu'elle voulait taire. Mais tout valait mieux que de se morfondre dans ce cachot. L'humidité, elle en avait l'habitude dehors, dans l'odeur de feuilles, de terreau, de mousse de la forêt. Même lorsqu'elles pourrissent, les feuilles dégagent un parfum âcre et sain. Au lieu qu'ici, de la terre gluante, des murs suintants ne montaient que des effluves nauséabondes. Comme de bêtes crevées.

Et Bertille repensait à son écureuil. Elle ne voulait pas qu'il pourrisse dans le coffre où elle l'avait posé. Une nuit et un jour de passés, déjà. Il devait retrouver la terre et y finir. Les prêtres disaient que les bêtes n'avaient pas d'âme. La Guiraude pensait le contraire. Et que toute créature de Dieu, qu'elle soit homme ou animal, a droit au même respect, jusque dans la mort.

Bertille savait très bien où elle enterrerait Courte-Patte, et tant pis si c'était près de la clairière où un crime s'était commis. L'écureuil n'y était pour rien. Il avait vécu dans cet endroit, sauté d'un arbre à l'autre, croqué des noisettes sauvages, dormant tout l'hiver au creux d'un hêtre qu'un orage avait en partie foudroyé. C'était là qu'il s'était réfugié à demi mort pour échapper aux chiens. Là qu'elle l'avait ramassé, là qu'il reposerait.

Seulement, pour cela, il fallait pouvoir sortir de ce trou humide et puant. Elle n'avait ni garrot ni chaînes, c'était déjà ça ! Et elle en rendait grâce à messire de Servières. Le Tranche-Tout, lui, n'aurait pas été si clément ! À un moment de la journée – comment savoir lequel, dans ce puits sombre où tout était nuit ? – un homme d'armes était venu lui apporter une écuelle de soupe. Il l'avait posée loin d'elle comme s'il avait eu peur.

Bertille, ailleurs qu'ici, en aurait ri. Les hommes étaient crédules et plus craintifs qu'on ne pense. Quand cesseraient-ils de la croire sorcière, parce qu'elle parvenait – quelquefois – à apaiser leurs maux ? Ils redoutaient les sorts qu'elle aurait pu leur jeter. Comme ils redoutaient, s'ils péchaient, d'aller griller dans l'enfer sous la fourche du diable ! Mais quand les soldats brûlaient les villages et les gens avec, n'était-ce pas déjà l'enfer ?

À force d'y penser, l'idée lui vint. Si l'homme revenait lui apporter un autre bol de soupe, elle le menacerait et tenterait de conclure avec lui un marché : la laisser sortir seulement pour quelques heures de nuit. Après, elle reviendrait – elle le jurerait sur sa tête. Qui s'en apercevrait si, au matin, elle était à nouveau dans son cachot ?

Quand elle entendit le raclement des sabots sur les dalles, puis le grincement du verrou qu'on tirait, son cœur battit plus vite. Mais elle était décidée.

L'homme ouvrit la porte. Elle le saisit par son surcot. Il fit un bond en arrière.

— Au large, sorcière ! Ne me touche pas avec tes griffes du diable.

Et il fit précipitamment un grand signe de croix. Bertille ricana :

— C'est ça. Invoque le ciel ! Tu vas en avoir besoin si tu ne m'écoutes pas, si tu ne fais pas exactement ce que je vais te demander.

Comme l'homme tentait de refermer la porte du cachot, elle l'agrippa de nouveau.

— Tu te rappelles comment est mort Jehan du moulin ? Tout pourri ! Et gonflé à en faire craquer la peau du ventre ! Et les cris qu'il poussait, tu t'en souviens ? Jusqu'au barie de Billou on les entendait ! Tu ne veux pas mourir comme lui !

— Tais-toi, murmura l'homme.

— Alors, écoute-moi. Quand la nuit sera tout à fait venue et que le sergent d'armes aura fait sa ronde, que tous dormiront, tu viendras ouvrir ma porte. J'ai besoin d'être dans la forêt quelques heures. Mais à l'aube je reviendrai. Je le jure. Nul ne s'apercevra de ma disparition, personne ne t'accusera.

Il hésitait. À la lueur de la torche qu'il tenait, Bertille lui semblait pareille aux damnés peints aux murs de l'église, ses anneaux d'argent luisaient, tel le sceau de Satan. Ces heures de nuit qu'elle voulait passer dans la forêt, c'était sûrement pour assister à quelque sabbat. Et lui serait complice... Et l'enfer...

— Tu préfères mourir comme le Jehan du moulin ?

— Non, balbutia l'homme. Non. Pitié. Je viendrai.

Et il s'enfuit.

***

Il tint parole. Bertille se glissa à sa suite hors du cachot, puis de la prison. Le froid la surprit et la pluie qui continuait à tomber. Il faisait si chaud et sec l'avant-veille ! Elle était peu vêtue et grelottait. Elle marcha aussi vite que le sous-bois le permettait et, arrivée à sa cabane, elle enleva doucement du coffre le corps de l'écureuil, saisit une cape sur laquelle il avait reposé et s'en enveloppa. Puis elle alla chercher dans l'appentis la houe qui lui servait à remuer la terre de ce qu'elle nommait son jardin. Et elle se dirigea vers le hêtre à demi foudroyé qui avait été le berceau et le nid de son écureuil. Le vent s'était levé, mais ce n'était pas, cette nuit-là, un vent d'orage. Il venait du nord, poussant devant lui les nuages chargés de pluie. Un coin de ciel se dégagea, les premières étoiles parurent. Et une lune toute ronde. Bertille la regarda avec reconnaissance. Elle n'aurait pas aimé enterrer le pauvre Courte-Patte dans le noir.

Elle commença à gratter la terre. C'était facile après cette pluie. Et le trou n'avait pas besoin d'être profond. Elle posa, au fond, des feuilles de fougère. En les coupant, elle remarqua que beaucoup étaient couchées comme si on les avait piétinées. Quelqu'un s'était tenu là. Il y avait peu de temps. Elle regarda mieux. La mousse par endroits était arrachée. Il portait des bottes. Et il n'était pas seul. Bertille repensa à la nuit du crime. La clairière n'était pas loin. Machinalement, du bout de sa houe, elle écarta du bois mort couvert de lierre et heurta un objet dur. Elle se pencha et dégagea un poignard, à demi enfoui dans la terre.

Un poignard comme elle n'en avait jamais vu, avec une lame courbe et, sur le manche, une croix. Elle la regarda avec la même peur que lorsqu'elle l'avait vue sur le surcot brun du sergent templier qu'elle avait assommé avec son bâton à serpents.

Elle posa le poignard dans l'herbe. Il convenait d'abord d'enterrer l'écureuil. Elle réfléchirait après à sa trouvaille. Elle installa Courte-Patte sur la fougère, le recouvrit d'autres feuilles et rabattit la terre. Puis elle ramassa le poignard et revint à sa cabane. Elle avait promis à l'homme d'armes de rentrer à l'aube. On en était encore loin. Il fallait d'abord qu'elle dorme… Tout au moins qu'elle se repose. La fatigue lui tombait dessus. Et ses pensées lui semblaient tourbillonner dans sa tête comme, au-dessus d'elle, les nuages poussés par le vent du nord.

Elle s'étendit sur sa paillasse et, d'un coup, s'endormit.

Ce fut le froid qui la réveilla, comme l'aube se levait. Elle regarda, consternée, le ciel qui commençait lentement à rosir. Trop tard pour rentrer dans son cachot comme elle l'avait promis, juré même, à l'homme d'armes.

Il ne restait qu'une solution, audacieuse, mais tant pis : demander audience à messire de Servières et tout lui expliquer. En espérant que la vue du poignard ferait oublier sa fuite du cachot.

***

Guy était en train d'inspecter les écuries avec le chef palefrenier lorsque des clameurs féminines venues des cuisines proches lui firent froncer le sourcil. Encore des disputes de servantes ! L'absence d'Agnès se faisait sentir ! Il se résigna à intervenir car les cris redoublaient.

Il entra dans la cuisine et resta stupéfait face à ce qu'il voyait : la plus âgée des servantes, agrippée à Bertille qui se débattait pour tenter d'échapper à sa poigne. Les deux femmes se couvraient mutuellement d'injures.

À l'entrée de Guy, tout se tut. Bertille s'avança.

— Je tentais de passer par vos cuisines, messire Guy, pour venir jusqu'à vous…

Elle n'osait pas le regarder. Il lui saisit le bras.

— Avance !

Il la poussa sans ménagement jusqu'à la salle, encore vide à cette heure. Écuyers et hommes d'armes se préparaient pour la procession solennelle qui ouvrirait, à l'abbaye, les fêtes en l'honneur de la Vierge.

Bertille tenta d'expliquer sa présence aux cuisines :

— Vos hommes d'armes ne m'auraient jamais permis…

— Mes hommes d'armes ! Lequel t'a aidée à quitter ton cachot ? Pourquoi ?

— Je voulais enterrer mon écureuil avant qu'il ne pourrisse.

— Ton écureuil ! (il la secoua violemment). De qui te moques-tu ? Mais ma patience a des limites ! Je veux savoir qui t'a aidée à quitter ton cachot. Celui-là, je me charge de lui faire comprendre… (Il s'arrêta.) Qu'est-ce que c'est que ça ?

Elle lui tendait le poignard.

— Je l'ai trouvé cette nuit dans le bois de Sousclay en enterr… (elle se reprit vivement), près de la clairière.

Guy avait saisi le poignard et l'examinait :

— Un poignard arabe et la croix de l'ordre du Temple !

Il lâcha Bertille si brusquement qu'elle faillit tomber. Il sortit en trombe de la salle et elle l'entendit crier : « Mon cheval ! »

Alors seulement elle se laissa tomber sur un siège et respira un grand coup. Le poignard l'avait emporté sur le cachot. Mais que faire à présent ? Et l'homme d'armes ? Il devait mourir de peur d'être découvert !

Une des fenêtres de la salle ouvrait sur la cour. Elle y jeta un coup d'œil, aperçut l'homme, lui fit signe.

À la vue de Bertille installée dans la grande salle il resta ébahi et machinalement s'approcha pour s'assurer qu'il ne s'agissait pas d'une nouvelle diablerie, quelque fantôme qui aurait pris la forme de la fille !

Mais non, c'était bien elle. Alors la colère le saisit.

— Tu avais promis, juré même…

— J'ai été empêchée mais j'ai parlé à messire de Servières. Ne t'inquiète pas. Je n'ai pas dit ton nom.

— Et messire de Servières n'a rien dit, que tu sois sortie du cachot ?

— Rien, fit-elle avec fierté.

Il la regarda presque avec respect : cette fille était encore plus sorcière qu'il ne le pensait !

9. Le templier

À l'abbaye de Hautefage, après l'affairement de ces derniers jours régnait l'espèce de calme qui précède l'imminence des cérémonies.

Renaud de Châtillon sortait de l'infirmerie quand Guy l'aborda. Par courtoisie, il demanda des nouvelles du sergent d'armes.

— Il est mort cette nuit.

— Peut-être vaut-il mieux pour lui.

Et Guy tendit au templier le poignard trouvé par Bertille. Renaud le prit en silence puis murmura :

— Il disait l'avoir perdu hier.

— Ne croyez-vous pas qu'il est temps de vous expliquer ?

— Venez.

Ils entrèrent dans la petite pièce contiguë à l'appartement du père abbé. C'était là que Renaud logeait.

Le commandeur dit après un moment de silence :

— Comment vous faire comprendre le rôle de notre ordre et le mien dans cette triste affaire ? Il faudrait que vous ayez vécu en Terre sainte, que vous ayez assisté à la perte progressive de nos villes, de nos fiefs, sous les coups du sultan Saladin. Maintenant que l'empereur d'Allemagne est mort et le roi de France rentré dans son royaume, le roi Richard est notre dernier atout. Nous avons besoin qu'il reste puissant. Voilà pourquoi le grand maître de notre ordre s'est beaucoup inquiété en apprenant que son frère Jean tentait de mettre à profit l'absence de Richard pour lui voler une partie de son royaume. Le choix de Fitzroy comme messager secret augmenta ses craintes.

— Je ne comprends pas, dit Guy. Guillaume Fitzroy n'était-il pas un des écuyers préférés de Richard ?

— Il l'avait été. Mais les rois sont changeants en amitié comme en amour. Richard plus qu'un autre. Oh, il est courageux, certes, et nul ne songerait à mettre en doute sa bravoure, mais il est violent comme tous ses ancêtres l'ont été. Et impulsif. Fitzroy et lui ont eu une violente querelle au cours d'une chasse et Richard l'a humilié publiquement. Les blessures d'orgueil sont difficiles à oublier.

— Pourtant, la mission que Richard lui confiait aurait dû le satisfaire. N'était-ce pas la preuve qu'il était rentré en grâce ?

— C'était, au contraire, un moyen de l'éloigner de la cour de Richard au moment où un autre écuyer devenait le favori. Fitzroy l'a compris. Dès lors, trahir celui qui le rejetait, c'était se venger. Notre grand maître Robert de Sablé a tenté de mettre en garde Richard. Vainement. Alors, comme je devais me rendre dans notre province d'Auvergne en embarquant sur le même bateau que Fitzroy, je fus chargé de le surveiller. C'est à Toulouse que j'acquis la certitude qu'il s'apprêtait à trahir et à vendre à Jean les barons de Périgord fidèles à Richard au lieu de les alerter pour qu'ils le combattent. J'ignore de quelle façon il comptait s'y prendre mais sa rencontre avec Ernaud de Turenne, acquis à Jean et un des chefs du complot contre Richard, prouve, s'il en était besoin, que notre grand maître ne se trompait pas.

Tandis qu'il parlait, Guy regardait les rides de fatigue ancienne qui marquaient le visage de Renaud de Châtillon. Sa voix était plus lasse qu'amère lorsqu'il reprit :

— Que pouvais-je faire sinon surveiller Fitzroy de plus en plus étroitement ? Quand je le vis quitter le convoi l'autre soir, je postai, à tout hasard, mes sergents d'armes à plusieurs endroits dans le bois. Je ne voulais pas le tuer mais le faire prisonnier pour que Richard ait la preuve de la trahison.

Il se tut un instant et Guy respecta son silence. La cloche de l'abbaye se mit à sonner à la volée, comme aux matins de grande fête. Les épaules de Renaud se courbèrent un peu. Il reprit :

— Par malheur le sergent posté près de la clairière était un soldat courageux mais violent. Pour lui, Fitzroy n'était plus un chevalier mais un traître et c'est en traître que, selon lui, il devait périr. Il le poignarda par-derrière.

— Il fut pourtant blessé lui-même au bras !

— Parce que Fitzroy parvint à se retourner, à tirer son propre poignard et à lui ouvrir le bras. Ce qui accrut la fureur du sergent. Il se mit à frapper comme un forcené. Quand j'arrivai à la clairière, il était trop tard. Et ma colère – qui était grande – ne servait plus à rien qu'à ajouter à la confusion du sergent.

— C'est pourtant ce même sergent que vous avez envoyé à la recherche du valet ?

— Je ne l'ai pas envoyé. Il a agi seul. Il a cru que s'il retrouvait le valet que tout le monde cherchait, je lui pardonnerais la mort de Fitzroy. Pauvre insensé ! (La voix de Renaud se chargea de mépris.) Peut-on attacher de l'importance à un valet !

— Ce n'était pas un valet ordinaire. Vous ne l'avez pas reconnu ?

— Je n'y ai pas prêté attention. Pourquoi ? Je le connaissais ?

— C'était la cousine de Fitzroy, Mélisande.

— Elle avait donc quitté le couvent de Toulouse ! Se déguiser en valet ! La petite-fille de Josselin de Courtenai !

— Et la fille de Gilles de Tibériade.

Le visage de Renaud se durcit. Il dit avec violence :

— Tibériade ! Hattin ! Combien de temps encore nous jettera-t-on au visage cette défaite ? Notre grand maître d'alors, Gérard de Ridefort, était, je vous l'accorde, un homme de beaucoup d'orgueil et de peu de jugement. Mais, en bonne justice, peut-on faire payer à l'ensemble de l'ordre du Temple les fautes de son chef ?

— Les conséquences en furent lourdes. La triste situation des chrétiens d'outre-mer en résulte.

— En partie seulement. Il y a d'autres raisons. Des jalousies, des paresses, des haines même. Les Plantagenêts ne sont pas les seuls à se détester. Des complots, nous en avons aussi (il regarda Guy). Comment avez-vous découvert le rôle d'Ernaud de Turenne ?

— Par Isaut.

Le templier eut un imperceptible sourire.

— Elle sait envoûter les hommes. Au siège d'Acre, j'ai combattu aux côtés de Raymond de Turenne. Il m'a tant parlé d'elle que j'ai eu la curiosité, passant dans ce pays, de la rencontrer.

— Elle n'a pas cru à cette raison.

— J'avoue que c'était une raison très secondaire. Elle l'a senti. Elle a plus d'esprit qu'Ernaud de Turenne. Qu'allez-vous faire de lui ? Le livrer à Richard ?

— Pourquoi le ferais-je ? Ma vicomté de Pleaux

dépend du roi de France dont je suis le vassal fidèle. Le roi d'Angleterre ne m'est rien. Un complot dirigé contre lui ne me regarde pas. C'est l'assassin de Fitzroy que je cherchais.

— Un assassin qui ne dépend plus de votre justice mais de celle de Dieu.

Il y eut un assez long silence puis Guy demanda :

— Quand pensez-vous quitter l'abbaye pour rejoindre La Selve en Rouergue ?

— Dès que prendra fin la fête de la Vierge qui commence tout à l'heure. Le père abbé ne comprendrait pas que je parte avant.

***

Guy se tenait debout, dans son bliaud de fête, près du siège qu'en sa qualité de vicomte de Pleaux il occupait face à celui du père abbé, dans le chœur de l'église.

Il regardait la lente procession des moines monter vers le maître-autel, à la lueur des cierges, dans les fumées d'encens et l'éclat des dorures. Fulbert marchait le dernier. Il se tenait très droit, le regard fixé sur l'ostensoir d'argent orné de pierreries qu'on ne sortait qu'aux jours de grande fête. Et il n'y avait dans ce regard ni orgueil ni trace de l'autorité habituelle de Fulbert mais une vénération et une grande foi. Lorsqu'il passa devant lui, Guy s'inclina avec respect.

Puis il leva les yeux sur la nef où toute une

foule se pressait, debout. Il vit avec stupeur, au premier rang, Hugues de Merle entouré de toute sa maison, chevaliers, écuyers, tous brossés, reluisants et l'épée au côté. Guy pensa que cette Mélisande devait tenir de la fée pour changer ainsi le diable en ermite ! Une fée qui dressait moins haut la tête ce matin. La trahison de son cousin Fitzroy, qu'Hugues avait bien été obligé de lui apprendre, devait être pour elle une herbe très amère à mâcher ! Thibaud d'Arsac, qui se tenait près de Mélisande, avait peut-être là une chance à saisir.

Quelques rangs plus loin, la belle Isaut ployait avec grâce son joli cou sur son livre d'heures. Ernaud de Turenne avait l'air soucieux. Les trois fiefs promis par le prince Jean lui échappaient. Mais, patience ! Il arriverait bien un jour à ses fins !

Les pèlerins étaient venus si nombreux qu'on avait dû laisser grandes ouvertes les portes. Comment Guy aurait-il pu apercevoir Bertille dans cette foule qui se pressait jusque dehors ?

Il l'avait retrouvée, une heure avant, debout dans la salle de la maison-forte, n'osant ni s'asseoir, ni le regarder en face. Il avait dit :

— Sauve-toi. Tu ne risques plus rien. Les templiers partent ce soir.

Elle avait demandé : « Et le sergent ? » d'une si petite voix que Guy avait hésité à répondre.

Bertille avait compris le sens de ce silence.

— Il est mort.

— En un sens, tu lui as rendu service. C'était lui l'assassin de Fitzeroy et il aurait été pendu.

Bertille avait quitté la salle sans rien dire. Elle avait hâte de retrouver la forêt, les herbes, le faux silence des bois plein de rumeurs et de vie sourde. Mais avant, il lui fallait aller prier avec les autres la Vierge Marie. Se faire pardonner d'avoir joué à la sorcière, même si c'était pour enterrer son écureuil.

Du chœur des moines montait l'hymne à la Vierge, le Magnificat.

— Le Seigneur fit pour moi des merveilles, saint est Son nom. Son amour s'étend d'âge en âge sur ceux qui Le craignent. Déployant la force de Son bras, Il disperse les superbes, Il renverse les puissants de leurs trônes et élève les humbles…

Dans son manteau blanc frappé à l'épaule gauche de la croix pattée de l'ordre du Temple de Jérusalem, Renaud de Châtillon écoutait ces paroles, la tête un peu courbée. Il songeait à la mort de Fitzroy qu'il n'avait pas voulue, à sa commanderie d'Antioche qui finirait par tomber entre les mains du sultan Saladin dès que Richard aurait quitté la Terre sainte. Comme Édesse, Tripoli, Jérusalem. Et il s'efforçait de prier pour ne plus penser.

Guy songeait à Agnès, qu'il espérait bien retrouver dès le lendemain à Montal, et à leur fils. Il se demandait ce qu'elle penserait s'il décidait de l'appeler Hugues… comme le vieux brigand de Merle, debout là-bas, au premier rang !

Épilogue

Il faisait un beau temps d'hiver, comme Bertille l'aimait. Craquant de gel et blanc de givre. Elle triait des herbes dans sa cabane quand elle entendit le cheval.

Elle se dressa, courut à la porte. Hugues de Merle était là, emmitouflé dans sa cape doublée de loup.

— Tiens !

Il lui tendait un écureuil qui avait une patte très abîmée et couinait désespérément.

— Je l'ai trouvé pris à un collet.

Elle regarda Hugues avec soupçon.

— Un écureuil pris à un collet ? Vous ne chassiez pas, ce matin, messire ? Il m'a semblé que j'entendais vos chiens.

Il haussa les épaules.

— Tu le veux ou pas ?

— Donnez !

Il lui lança l'animal blessé. Elle l'attrapa habilement, commençant à le caresser, à lui parler. Quand elle pensa à lui crier : « Merci ! », Hugues était déjà loin.

Arbre généalogique

Ogier de Merle
—
Marie du Rieu

- Hugues
- Alix
  —
  Aymar de Pleaux
  - † Géraud
  - Raymond
- Sybille
  —
  Guillaume de Servières
  - Guy
    —
    Agnès de Montal
    - Hugues

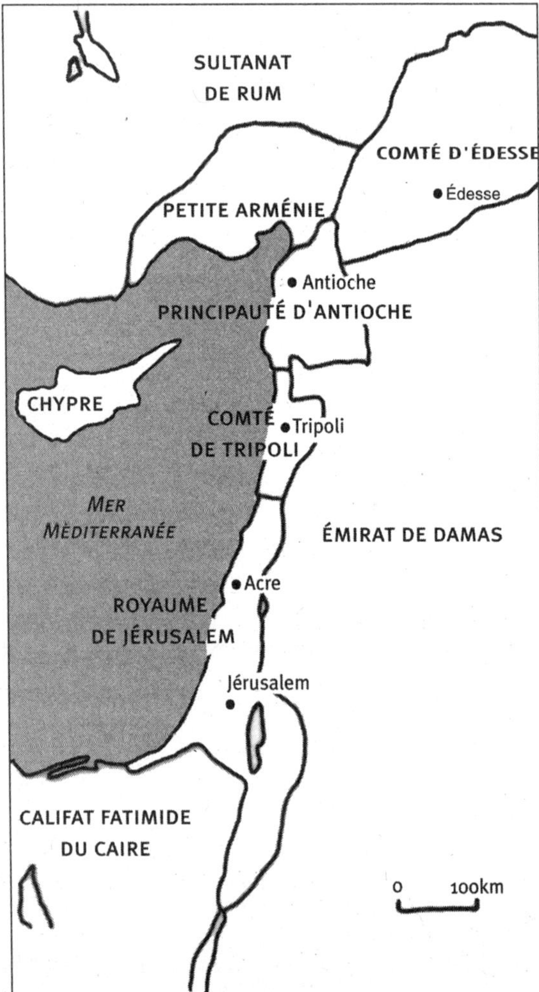

La Terre sainte
(à l'époque de sa plus grande extension)

CASTOR PLUS

La troisième croisade

LA FRANCE AU XIIe SIÈCLE

Ce roman se déroule à la fin du XIIe siècle, en 1192 très précisément.

Le duché d'Aquitaine, bien que situé en France, appartient alors au roi d'Angleterre, à la suite du mariage d'Aliénor, unique héritière du duché, avec Henri II Plantagenêt.

Le duché s'étend, à l'est, jusqu'aux *contreforts d'Auvergne* (région où se situe le roman). C'est la limite extrême du duché et la situation y est compliquée. Car certains seigneurs (comme Guy de Servières) ont pour suzerain le roi de France alors que d'autres font hommage au roi d'Angleterre.

En 1192, *le roi de France est Philippe Auguste. Le roi d'Angleterre, Richard dit Cœur de Lion.*

Second fils d'Aliénor et d'Henri II, Richard devient roi à la mort de son père et de son frère aîné, Henri le Jeune. Il était déjà comte de Poitou et duc d'Aquitaine et aime ce pays, où il est né. Bien des seigneurs lui sont tout dévoués, spécialement les barons du Périgord.

Son frère cadet, Jean, appelé « Jean sans Terre » car il ne possède rien (à l'époque, l'héritage du père passe en son entier à l'aîné, le cadet ne reçoit rien), le déteste. Il ne cesse de comploter contre lui. En 1192, l'occasion est belle car Richard est parti en Palestine, à la suite d'un appel du pape pour reconquérir les *Lieux saints* ou *Terre sainte* – on nomme ainsi la partie de la Palestine où a vécu et est mort Jésus-Christ.

C'est la troisième croisade.

***

Les croisades

Les croisades sont la continuation armée de très anciens pèlerinages aux Lieux saints tombés sous la domination des Arabes musulmans, que les chrétiens appellent « infidèles ».

Il y eut huit croisades.

La première – la plus célèbre – aboutit en 1099 à la prise de Jérusalem et à la formation de trois principautés autour de trois villes, Édesse, Antioche et Tripoli, et d'un royaume, Jérusalem. On les appelle possessions « franques » ou « latines ». Peu à peu, ces possessions, fragiles, retombent aux mains des « infidèles », d'où les tentatives de nouvelles croisades pour la reconquête.

La troisième a pour chefs les trois plus grands souverains d'Occident, l'empereur d'Allemagne, Frédéric Barberousse, le roi de France Philippe Auguste et le roi d'Angleterre, Richard.

L'épisode le plus célèbre est le *siège de Saint-Jean d'Acre,* port fortifié tenu par les Turcs du sultan Saladin et reconquis par les croisés.

En 1192, l'empereur Frédéric est mort, le roi de France rentré chez lui. Ne demeure plus en Palestine que le roi Richard, dernier rempart contre Saladin.

Mais lui aussi quitte la Terre sainte en octobre 1192, après avoir signé une trêve avec Saladin.

Hattin (juillet 1187), près du lac de Tibériade, est une terrible défaite des chevaliers francs, provoquée par l'incapacité et l'entêtement du grand maître de l'ordre du Temple, Gérard de Ridefort, et la faiblesse du roi de Jérusalem, Guy de Lusignan. À la suite de cette défaite, presque tous les États latins tombèrent aux mains de Saladin – dont Jérusalem, qui ne devait plus jamais être reconquise – malgré la troisième croisade, conséquence directe du désastre d'Hattin.

***

Les Templiers

Les Templiers étaient un ordre religieux mais surtout militaire, créé vers 1118, après la première croisade, pour défendre les conquêtes chrétiennes en Palestine. Protégés par saint Bernard qui voulait voir en eux une « chevalerie du Christ », ils devaient leur nom de « chevaliers du Temple de Jérusalem » à leur première résidence à Jérusalem, qui se situait sur l'emplacement du temple, détruit, du roi Salomon.

C'était un ordre riche (du fait de nombreuses donations) et puissant qui joua un rôle très important dans l'histoire des croisades. Il avait des «maisons», dites aussi «commanderies», regroupées en «provinces». Et cela, non seulement en Terre sainte (avec de nombreux châteaux forts, Tortose, Safed, Beaufort, etc.), mais aussi en France, en Espagne et en Angleterre. Forts de leurs richesses, ils servaient de banquiers même aux rois, ce qui sera leur perte.

Les chevaliers templiers portaient, sur une courte tunique blanche marquée en son centre d'une croix rouge, un long manteau, blanc lui aussi, frappé à l'épaule gauche (côté du cœur) de la même croix dite « pattée » car ses extrémités allaient en s'élargissant.

Les sergents d'armes étaient vêtus de la même manière, mais en brun au lieu de blanc. Rarement chevaliers, ils portaient toutefois l'épée et allaient à cheval.

L'ordre avait à sa tête un *grand maître* résidant en Terre sainte. Chaque maison avait un maître et un «commandeur», lequel faisait souvent fonction de trésorier.

L'autre ordre religieux fondé lors des croisades, l'*ordre des chevaliers hospitaliers* de Saint-Jean de Jérusalem, devait survivre jusqu'à nos jours sous le nom d'ordre de Malte.

Table des matières

Jacqueline Mirande

L'auteur est née dans le Bordelais. Elle est historienne. Après avoir beaucoup voyagé, elle partage maintenant son temps entre Paris, Arcachon et les romans presque toujours historiques qu'elle écrit pour les jeunes et qu'elle prend un vif plaisir à imaginer.

Du même auteur, en Castor Poche :
Libraire de nuit, n° 630 ;
Double meurtre à l'abbaye, n° 655 ;
6 récits d'un château fort, n° 664.

Gaëtan de Séguin des Hons

L'illustrateur, après avoir obtenu le diplôme de l'école supérieure d'arts graphiques, est retourné dans son Languedoc-Roussillon natal. Actuellement, il vit et travaille dans un mas des environs de Montpellier. « Pourquoi rester à Paris quand mes images peuvent très facilement circuler par internet ? » Passionné depuis toujours par le dessin, il partage son temps entre la peinture et l'illustration. Quand son travail lui en laissera le temps il compte apprendre le danois car, dans la garrique, ses pas ont croisé ceux d'une jolie danoise. Alors même si un dessin vaut mieux q'un long discours...

Castor Poche

Des livres pour toutes les envies de lire,
envie de rire, de frissonner,
envie de partir loin
ou de se pelotonner dans un coin.

Des livres pour ceux qui dévorent.
Des livres pour ceux qui grignotent.
Des livres pour ceux qui croient ne pas aimer lire.
Des livres pour ouvrir l'appétit de lire et de grandir.

Castor Poche rassemble des textes du monde entier ; des récits qui parlent de vous mais aussi d'ailleurs, de pays lointains ou plus proches, de cultures différentes ; des romans, des récits, des témoignages, des documents écrits avec passion par des auteurs qui aiment la vie, qui défendent et respectent les différences. Des livres qui abordent les questions que vous vous posez.

Les auteurs, les illustrateurs, les traducteurs vous invitent à communiquer, à correspondre avec eux.

Castor Poche
Atelier du Père Castor
4, rue Casimir-Delavigne
75006 PARIS

Castor Poche, des livres pour toutes les envies de lire: pour ceux qui aiment frissonner, les romans policiers, résoudre des énigmes, voici une sélection de romans palpitants.

701 **Un loup dans le manège** — **Senior**

par Avi

« Le téléphone sonna trois fois avant qu'Andy ne décroche.
- Allô ?
- Je viens de tuer quelqu'un, répondit une voix.
- Je ne pige rien. Qui est à l'appareil ?
- Zeke. »

Que faire à quinze ans quand on sait qu'un dangereux fou rôde dans la ville et que personne ne vous croit ? Andy saura-t-il convaincre son père, la police... et surtout, la prochaine victime ?

655 **Double meurtre à l'abbaye** — **Senior**

par Jacqueline Mirande

À la fin du XIIe siècle, un pèlerin de Saint-Jacques est retrouvé assassiné dans l'enceinte de l'abbaye de Hautefrage. Qui est le meurtrier? Y-a-t-il encore des innocents?

649 **Lieux du crime** — **Senior**

par Andreu Martin

Le vieux et séduisant Valero est l'inquiétant détenteur de terribles secrets. Voilà deux ans, il a entraîné Lluc dans uns équipée où œuvraient dans l'ombre des guerriers immortels en lutte pour la possession d'un trésor. Aujourd'hui, il revient, porteur de tous les dangers. Et Lluc se résoud à demander l'aide d'Hanna, la jeune vacancière allemande qui lui plaît tant. L'enquête commence sous le soleil de Majorque, riche en suspense et périls...

643 **La coupe du monde n'aura pas lieu** **Junior**

par Daniel Picouly

Faussette a disparu ! Hondo qui découvre l'affaire fait appel à ses amis, Jo et Edito. Réunion du club des Ruines... Tous les indices les mènent au stade de France. Bizarre... et si la coupe du monde n'avait pas lieu?

642 **Prise d'otage à la Bastille** **Senior**

par Hubert Ben Kemoun

Superbe demeure que la maison du n°5 de la rue de la Bastille! Protégée par un mur et gardée par un fauve. Mais rien ne peut arrêter Antoine, cette nuit. Dans cet écrin vit Marianne, et Toine a parié de lui faire une déclaration d'amour originale et romantique. Rue de la Bastille? Marianne? Toine va se retrouver enfermé pour longtemps dans un cachot...

639 **Complot à Rome** **Senior**

par Lola Gonzàlez

Jules César meurt, assassiné par les siens. Danc ce climat de méfiance et de trahison, Drusus et Porcia sont en danger: leur oncle, le sénateur Marius Dimitio a participé au complot. Les deux enfants doivent fuir; dans une Rome où tout le monde est suspect...

638 **Piratage à la cité** **Junior**

par Jacky Pop

Un drôle d'individu rôde dans la cité des Planètes. Il propose un marché à Cheita et à ses copains: revendre des CD de jeux piratés. Cheita se retrouve mêlé, bien malgré lui, à un trafic dangereux...

626 **Esteban du désert rouge** — **Senior**

par Michel Honaker

Dans le désert rouge d'Arizona, les esprits maléfiques gouvernent. Quand les trois adolescents disparaissent, les soupçons se tournent vers les Indiens Hopis, aux pratiques mystérieuses. Parmi eux, seul Esteban chante et danse encore. Il devra affronter son destin…

623 **Copier Coller** — **Senior**

par Cesare Battisti

Bruno est obsédé par ses origines. Il tente de recoller les morceaux d'un passé familial énigmatique. Sa rencontre avec Pixel, un passionné d'informatique, va changer sa vie. Qui est donc ce garçon qui lui ressemble étrangement ?

622 **Meurtre à la crique** — **Junior**

par Yves-Marie Clément

Tom participe à une compétition de judo en Guyane. Il gagne un coffret de grande valeur, remis par un homme d'affaires louche. Mais l'homme est assassiné, les coffret est volé, et Tom se retrouve mêlé à un bien étrange fait-divers. Qui tient tant à récupérer ce coffret et pourquoi ? Tom décide de mener l'enquête…

597 **David a du flair** — **Junior**

par Jean-Hugues Oppel

Chiroux, le chien de la famille Montembert, a disparu. David ne croit pas à une fugue ou à un accident, il est persuadé que son chien a été enlevé pour servir de cobaye. Avec sa sœur Nathalie et leurs copains, il décide de mener l'enquête du côté des laboratoires Fronaz

596 Sans nouvelles de la montagne — Senior

par Ramon Royal Ross

Harper et Moon passent une semaine inoubliable de vacances chez Olinger, vieil homme bourru et chaleureux au cœur de la forêt. Mais Moon, fantasque et imprévisible, disparaît avec la fin de l'été. Et lorsque Olinger est retrouvé mort, tout accuse Moon. Pourtant Harper refuse d'admettre la culpabilité de son ami…

593 Les assassins du cercle rouge — Senior

par Jean-Paul Nozière

Le meurtre d'un voisin va donner à Charlotte et à Simon l'occasion d'éprouver leur talent de détective. Ils se retrouvent en possession de documents datant de la Seconde Guerre mondiale. Documents convoités par une bande de nostalgiques de l'époque nazie. Le jeu tourne alors au cauchemar, et une période que Charlotte et Simon croyaient à jamais enfouie dans leur livre d'histoire ressurgit brutalement, sinistre mais bien vivante.

591 Sam s'en mêle — Junior

par Linda Stewart

Sam est appelé par la divine Antoinette pour retrouver Sandy, le chat star kidnappé. Sous le charme de la belle actrice, Sam se lance sur les traces de Sandy; son enquête le mène tout droit dans les coulisses des studios Chandelier. Mais la partie n'est pas gagnée, les ennemis sont coriaces…

587 L'inconnu dans le frigo — Junior

par Michel Grimaud

David, poursuivi par des trafiquants, se cache dans un frigo abandonné dans une décharge. Quelle n'est pas la surprise de Jenny et Désiré, brocanteurs, lorsqu'ils découvrent un inconnu dans le frigo qu'ils ont récupéré! David est blessé; le coup qu'il a reçu sur la tête lui a fait perdre la mémoire. Mais les trafiquants ont retrouvé sa trace et deviennent menaçants…

586 Intrigue au palais **Senior**
par Jose Luis Velasco
Pourquoi Rodrigo a-t-il tué l'eunuque favori du calife? Tout l'accuse, et pourtant Rodrigo nie; le sage Hantal, avec l'aide de son fils Fernando, comprend que la vérité n'est pas si simple. Le palais du calife est le siège de bien des intrigues...

582 Le lutteur de sumo **Junior**
par Daniel Picouly
Hondo s'inquiète pour son amie Musique. Muette, elle ne mange plus et se traîne comme une somnambule. Prostrée dans son fauteuil, elle serre contre son cœur une photo. En démêlant les fils du passé de Musique, Hondo et ses amis du club des ruines découvrent une histoire d'amour pas comme les autres.

577 Course-poursuite à l'italienne **Senior**
par Dominique Buisset
Olivier, en voyage scolaire à Rome, rencontre une belle italienne, Anna-Luisa, qui lui tourne le cœur et la tête. Pour lui plaire, Olivier vole un blouson de cuir dans un magasin. Poursuivi, il est aidé dans sa fuite par deux individus louches. Leur générosité n'est pas gratuite et Olivier se retrouve entre les griffes de trafiquants d'art internationaux.

565 Le scarabée d'or
suivi de La lettre volée **Senior**
par Edgar-Allan Poe
William Legrand trouve un gros scarabée couleur d'or magnifique. C'est un spécimen rare, et la nouvelle fait le tour de l'île Sullivan. Mais bientôt, le bruit court, le scarabée a ensorcelé William... La lettre volée: Comment trouver ce que tout le monde cherche sans résultat? Changer de méthode! Dupin réfléchit, déduit, et, loin de l'agitation, il trouve...

564 Les aventures de Victor Bergame — Junior

par Jean-Claude Narboni

Victor Bergame, agent secret, doit mener une enquête très confidentielle. Pourquoi son chef Fleurus lui confie-t-il cette mission? Pourquoi le colonel Zatopec l'accompagne-t-il? Que mijote donc le mystérieux Abergel? Qui a volé la pilule grand-mère qui permet de voyager dans le temps? Autant de questions auxquelles Bergame devra répondre pour éviter les pièges tendus sur sa route…

563 Compte à rebours — Senior

par Walter Dean Myers

Jimmy grandit dans un quartier noir de New York. À quatorze ans, il n'a rien connu d'autre et Mama Jean, qui lui tient lieu à la fois de père et de mère, veille à ce qu'il pousse bien droit. Mais tout bascule le jour où Jimmy est abordé par un inconnu qui assure être son père.

562 Un week-end fou — Junior

par Gary Soto

Mando et Hector sont persuadés qu'ils vont bien s'amuser chez Julio, l'oncle d'Hector, où ils vont passer le week-end. En effet, le résultat dépasse toutes leurs espérances. Témoins d'un vol à main armée, les voilà poursuivis par des bandits…

552 L'étrange affaire Plumet — Senior

par Liliane Korb – Laurence Lefèvre

Arthur est un passionné de romans policiers américains, il observe, note et analyse tout ce qui se passe autour de lui, à la manière des grands détectives privés. Mais bientôt la réalité rattrape la fiction… Arthur sera-t-il à la hauteur de ses maîtres?

Cet
ouvrage,
le sept cent
vingt-cinquième
de la collection
CASTOR POCHE,
a été achevé d'imprimer
sur les presses de l'imprimerie
Maury Eurolivres
Manchecourt - France
en octobre 1999

Dépôt légal: novembre 1999.
N° d'édition : 4684. Imprimé en France.
ISBN: 2-08-16-4684-6
ISSN: 0763-4544
Loi n° 49-956 du 16 juillet 1949
sur les publications destinées à la jeunesse